Coup fourré dans les Monts d'Arrée

Aux Éditions Alain Bargain

Dans la collection ***POL'ART :***

Serge Le Gall
- Sombre dessein à Pont-Aven
- Meurtres du côté de chez Proust *(épuisé)*
- Eaux-fortes à Ste-Marine *(épuisé)*
- Ciel rouge au Pouldu *(épuisé)*

Loïc Gourvennec
- Le râle du basson *(épuisé)*

Yves Horeau
- Monsieur Butterfly *(épuisé)*

Renée Bonneau
- Nature morte à Giverny *(épuisé)*
- Séquence fatale à Dinard *(épuisé)*
- Sanguine sur la Butte *(épuisé)*

Stéphane Jaffrézic
- Toiles de fond à Concarneau
- Le Rubis de Châteauneuf-du-Faou

Cet ouvrage de pure fiction n'a d'autre ambition que de distraire le lecteur. Les événements relatés ainsi que les propos, les sentiments et les comportements des divers protagonistes n'ont aucun lien, ni de près ni de loin, avec la réalité et ont été imaginés de toutes pièces pour les besoins de l'intrigue. Toute ressemblance avec des personnes ou des situations existant ou ayant existé serait pure coïncidence.

4€

Aux Éditions Alain Bargain

Dans la collection

ENQUÊTES ET SUSPENSE :

Serge Le Gall
- La secte de l'Aven *(épuisé)*
- Sables mouvants à Bénodet *(épuisé)*
- La Douarneniste et le Commissaire *(épuisé)*
- Corps-mort à l'Île-de-Batz *(épuisé)*
- Traque noire à Audierne *(épuisé)*
- Fugue mortelle en RÉ *(épuisé)*
- Le moine rouge de Carantec *(épuisé)*
- La Sirène de Port Haliguen *(épuisé)*
- Coup fourré dans les Mts d'Arrée *(épuisé)*
- Vagues à lames à Noirmoutier *(épuisé)*
- Dépression sur les Glénan
- Belle-Île "Amère" *(épuisé)*
- Calvaire à Plougastel-Daoulas *(épuisé)*
- Course-poursuite sur l'Aven *(épuisé)*
- Cible ultime dans les Montagnes Noires
- Rouge baiser de Crozon *(épuisé)*
- Sac de nœuds à Trévignon
- Retour coupable à Pont-l'Abbé *(épuisé)*
- Quiberon Enrage *(épuisé)*
- Secrets salés à Fouesnant
- Fausses notes à Larmor-Plage
- Jeux de drames à Douarnenez
- Nature morte à Pont-Aven
- Châtiment à Port-Launay
- La belle endormie de Port-Manech
- Matin blême à Rosporden
- Coup de balai à Carnac
- Mortes-eaux à Riantec

Gisèle Guillo
- Dernier rendez-vous à Vannes
- Du Léman au Morbihan *(épuisé)*
- Tempête à Quiberon
- La Belle de Carnac *(épuisé)*
- Le Saigneur de Quimper
- Vol de pigeons à Arradon *(épuisé)*
- Cash-cash au Crouesty *(épuisé)*
- Le Diable noir de Saint-Cado
- Clair-obscur à l'Île-aux-Moines *(épuisé)*
- Port-Louis, les ombres de la citadelle
- La Maison au bord du Golfe
- Les Amants Terribles de La Trinité
- Étel coupable ?
- Danger à Saint-Goustan

Michèle Corfdir
- Le Crabe
- Mortel Hiver sur le Trieux *(épuisé)*
- Chasse à corps à Bréhat
- Larmes de fond *(épuisé)*
- Vent contraire à Loguivy-de-la-Mer
- Herbes amères à Belle-Isle-en-Terre *(épuisé)*
- Il court, il court, le furet des Abers *(épuisé)*
- Fest-Noz sur le Nil
- Eau dormante en Trégor *(épuisé)*
- Nuits assassines à Paimpol
- Crime à l'Armoricaine *(épuisé)*
- Vendredi noir sur l'Arcouest
- Sueurs froides sur le Goëlo
- Baignade clandestine à Bonaparte
- La route s'arrête à Loguivy-de-la-Mer

Bernard Larhant
- Quimper sur le gril
- Douarnenez, piège à Mouettes
- Les Galets de Tréguennec
- Les bas-fonds de Quimper
- Pas de pardon à Locronan
- Un pavé dans La Loire
- Psychose sur Bénodet
- Sang d'encre au Mans
- La Torche entre deux eaux
- Du Pastis dans l'Odet
- Les Ombres du Rennes-Quimper
- La Madone du Faouët
- Effet domino à Concarneau
- Le Môme de Fouesnant
- Hors la loi à Groix
- Omerta Bigoudène
- Alliance explosive à Audierne
- Jeux pervers à Quimper
- Chasse à l'homme au Ménez-Hom
- Dans les frissons de Nantes

Jean-Michel Arnaud
- Cavale à Brest
- Blues en Rafale à Landivisiau
- Le bagad bombarde à Quimper
- Loto létal dans le Léon
- Fresque de sang sur le Ponant
- Lettres mortes à Lannilis
- Lame scélérate à Morgat
- À bout de souffle à Landerneau

Aux Éditions Alain Bargain

Dans la collection
ENQUÊTES ET SUSPENSE :

Martine Le Pensec
- Onde de choc sur Fermanville
- Angoisse sur Penmarc'h *(épuisé)*
- Lumière noire sur la Penfeld
- Printemps funeste à Brest
- 13e lune à Concarneau *(épuisé)*
- 32 octobre à Roscoff *(épuisé)*
- Terminus à Lannilis *(épuisé)*
- L'Enfer de Plogoff
- Alerte rouge à Brest *(épuisé)*
- Bad Trip à Lorient
- Le Cobra de Brest
- Le Mouton noir de Roscoff
- Sang pour sang à Recouvrance
- Amnésie sur Quimper
- Chat noir à Brest

Marie Vaillant
- Chantage Bigouden
- Les corps mourants de Plozévet *(épuisé)*
- Vague blanche au Pouldu
- Malaise sur la côte lorientaise
- Vie de château à Pont-L'Abbé
- Locronan a la gueule de bois

Simone Ansquer
- Téviec, le Secret *(épuisé)*
- Aux tours de La Rochelle
- Grain de sable à Saint-Pierre-Quiberon
- Le mystère de la Cathédrale de Vannes *(épuisé)*
- Carnac, les menhirs disparus
- Bons baisers de l'île de Houat
- Nuit d'Enfer à Quiberon
- Belle-Île ne répond pas

Stéphane Jaffrézic
- Chili-Concarneau
- Ville bleue et beaux dégâts *(épuisé)*
- Disparitions en Pays Fouesnantais
- Tri Yann Tro Breizh
- Vengeances croisées à Nantes
- Escale forcée à Brest
- Dolmens sanglants en Bigoudénie
- Escapade à Landerneau *(épuisé)*
- Le mauvais fils de Guidel
- Murder party à Quimper
- Rendez-vous raté à Quimperlé
- La Korrigane de Concarneau
- Coup de chaud à Bénodet

Catherine Schubert
- Odeur de sang à Penvénan
- Le vilain de la Vilaine

Élisabeth Mignon
- Fontaines mortelles à Quimper
- Jardins funèbres en Cornouaille
- Déferlantes au Guilvinec
- Cadavres exquis à Châteaulin

Rémi Devallière
- L'esprit d'Hoëdic
- Calculs sévères à Saint-Nazaire
- Sacré bidule à Pornichet
- "Pari" au mois d'août
- Piriac et son caillou mystérieux
- Vol 744 pour Le Pouliguen

Michel Courat
- Ça meurt sec à Locquirec
- Marée rouge à Plestin-Les-Grèves
- Coup de grisou à Pleumeur-Bodou *(épuisé)*
- Mort en vrac à Morlaix
- Sauvage farandole à Paimpol *(épuisé)*
- Mise à mort en Bretagne nord *(épuisé)*
- Masques de Terreur à Lanmeur
- Été meurtrier à Tréguier
- Le raisin coule à Lesneven
- Le Diable s'invite à Locquirec
- Morts à gogo à Plouguerneau
- Morlaix, TERminus !
- Les dessous de Plougasnou
- Granite écarlate
- Dernier tango à Plouescat

Bernard Enjolras
- Îlot mortel à Trégastel
- 3 petits singes en Côtes-d'Armor
- Mauvais sorts dans Le Trégor
- Micmac à Ploumanac'h
- Sale temps sur Penvénan
- Jeu d'échecs à Perros-Guirec
- Guêpier à Tréguier
- Jackpot dans le Léon
- Requiem à Paimpol
- Escale à Cancale
- L'inconnue de Saint-Thégonnec
- Code assassin à Trébeurden

ENQUÊTES & SUSPENSE

Aux Éditions Alain Bargain

Dans la collection
ENQUÊTES ET SUSPENSE® :

Séverine Le Corre-Mongin
- Drame en Morbihan

Jean-Louis Kerguillec
- Carantec à corps perdu
- Enlèvement en Baie de Morlaix *(épuisé)*
- Mauvaise passe sur l'île Callot
- Les Amours Noires du Léon
- Le disparu du Taureau
- Frai*zh* Connection
- Le Crapaud de l'île de Batz

Jacques Minier
- Traque mafieuse à Saint-Malo
- Double peine à Rennes

Pierre Engélibert
- L'Ours du Finistère

Philippe-Michel Dillies
- Meurtres à Monnaie *(épuisé)*
- Chasse à Tours *(épuisé)*
- Train d'enfer pour St-Pierre-des-Corps *(épuisé)*
- Les roses noires de Chartres
- Du raisiné à Vouvray
- Partie truquée à Descartes
- Embrouille à Amboise *(épuisé)*
- L'écheveau de Blois
- Anicroches à Loches
- Murmures en Saumur
- Les plumes noires de St-Cyr-sur-Loire
- Clash à Tours

Jean-Jacques Égron
- Marais mouvant dans le Golfe
- Tracto Breizh
- Embruns toxiques sur Lorient
- Les Privés du Croisic
- Vannes à l'encre rouge

Solenn Colléter
- Lettres de sang sur la Côte Sauvage

Vincent Cabioch
- 5 Diables Verts à Huelgoat

Patrick Bent
- Erquy profite le crime *(épuisé)*
- Le macchabée du Val-André *(épuisé)*
- Saint-Cast priez pour eux ! *(épuisé)*
- Hécatombe à Saint-Malo
- Nuit noire à Dinard *(épuisé)*
- Algues fatales à Erquy *(épuisé)*
- Rock'n'Roll à Lamballe
- Pluie de fiel sur Fréhel
- Arnaque à Erquy

Alain Couprie
- Ça chauffe à Roscoff *(épuisé)*
- Pas d'oignons pour le Léon
- La Mutilée de Saint-Renan
- Drague folle à Lannion

Gérard Croguennec
- Voile épais au Conquet
- Brest, Abri 668
- Morlaix en eaux profondes
- La martyre du Conquet

Christophe Chaplais
- Pâté de Corbeau aux amandes amères *(épuisé)*
- Le calisson jusqu'à la lie
- Farz aux herbes de Portsall
- Addition salée au Croisic
- Salade russe aux noix de Grenoble *(épuisé)*
- Fourchette mortelle à Chinon *(épuisé)*
- Soupe de Crabes à Brest *(épuisé)*
- La face cachée des Étoiles *(épuisé)*
- Mélodie gourmande à Guérande

Jean-Pierre Farines
- Brume sur la Presqu'île
- La route de Rocamadour
- Le Phénix est mort à Camaret
- Cercueil vide en Mer d'Iroise

Serge LE GALL

Coup fourré dans les Monts d'Arrée

Collection

ENQUÊTES & SUSPENSE

Quadri Signe - Editions Alain Bargain
125, Vieille Route de Rosporden - 29000 Quimper
E-mail : contact@editionsalainbargain.fr
Site Internet : www.editionsalainbargain.fr
Facebook : https://www.facebook.com/editionsalainbargain

« *Nous sommes tous capables*
de tout et n'importe quoi
pourvu que les circonstances s'y prêtent,
que la pression soit forte,
qu'on ait de bonnes raisons d'agir
et que le moment soit favorable… »

Michael CONNELLY

I

Quand je l'ai vue en imper mastic immobile sous le grand arbre du virage avec une valise cabossée à la main, je me suis dit que rien ne serait plus jamais pareil.

La pluie dégoulinait des branches avec une régularité insolente comme si elle ironisait sur le thème de la belle plante à arroser. Et cette foutue pluie commençait à mouiller ses cheveux noirs qui n'allaient pas tarder à se coller sur son front comme de la filasse à wassingue. Il y avait déjà des coulures humides qui descendaient des épaules de l'imper usé vers sa poitrine. On aurait dit une carte des bayous de Louisiane menant à un trésor mirifique.

Sauf qu'ici, on allait plutôt se la jouer grave.

À ses pieds, une flaque sombre se formait lentement. Ses chaussures bon marché baignaient dedans. Des brindilles de bois mort surnageaient comme des radeaux fous. Le naufrage était inscrit dans leur histoire.

Elle ne jetait même pas un œil distrait vers le sol sur lequel elle était posée comme un réverbère inutile. Elle n'avait pas idée de faire un pas de côté pour ne pas tremper ses chaussures de carton bouilli.

Elle semblait ne penser à rien. À rien d'intéressant en tout cas, une manière de coup de pied virtuel à la lune pour se foutre du temps présent.

D'où je me trouvais, je voyais qu'elle n'avait pas boutonné son imperméable et qu'il bâillait à la manière d'un rideau qu'on aurait oublié de tirer sur des turpitudes intimes. Là, ce n'était pas forcément le cas car il s'ouvrait sur une jupe droite s'arrêtant très nettement au-dessus des genoux. Ceux-ci n'étaient pas ronds et lisses comme on aurait pu le croire. Non, ils étaient plutôt anguleux, à la manière de ceux des hommes.

Sinon, la donzelle portait un chemisier blanc avec une échancrure brodée à l'ancienne. Une sorte de caraco de grand-mère fleurant à vomir la naphtaline des boules antimites. Par-dessus, elle avait enfilé un cardigan dans les tons gris souris effrayée. Pour ajouter au kitch de l'accoutrement, elle affichait une chaîne en or à mailles plates terminée par un gros camée.

Curieux contraste du costume de la bonne à tout faire masquant un corps de feu et de sang, manifestement à l'étroit dans le tissu trop strict. Je ne pouvais que l'imaginer. J'aurais dû le craindre comme la peste et fuir sans jamais me retourner.

De mon poste d'observation, je voyais bien que sa poitrine arrogante tendait la pièce de coton sans avoir besoin du moindre soutien. La courbure imposée au tissu de l'imper en attestait plus sûrement qu'une litanie de mensurations objectives.

Elle ne bougeait pas d'un cil. Son visage un peu

blafard n'exprimait aucune émotion. Pas la moindre. On aurait dit la peau d'une geisha sur le tard. De la nuit comme de la vie. Elle regardait devant elle, indifférente à tous les bruits, comme si ce monde imbécile n'avait aucune prise sur elle.

Elle avait soigneusement appliqué du rouge à lèvres aux tons mauves qui lui mangeait la figure. Dans le fond, c'était la seule touche de couleur un peu vive au milieu de teintes résolument ternes.

Il y avait quelque chose de pas naturel dans son attitude. De la tristesse tricotée à l'ancienne et mêlée d'une étrange peur fleurant la mort violente.

Vous auriez fait comme moi.

D'abord, vous l'auriez regardée parce qu'on ne pouvait pas passer à côté d'elle sans la remarquer et, ensuite, vous vous seriez approché parce que la curiosité vient assez naturellement quand on ne comprend pas. Sans penser forcément à mal, sans réfléchir non plus aux conséquences.

Et moi, je n'ai pas réfléchi.

Je me suis avancé. Dans le fond, je ne sais même pas pourquoi, parce que je n'en avais rien à faire d'elle. D'accord, je la trouvais pathétique, plantée là sous la pluie battante, et probablement attirante dans son allure de pauvre fille abandonnée sous un arbre. Énigmatique aussi dans son attitude et son accoutrement. Mais de là à faire jouer les violons…

Elle s'était postée dans le virage, devant un boîtier d'alimentation électrique et à deux pas d'un réverbère.

Il ne passait jamais de bus à cet endroit. Ni presque personne d'ailleurs. À part les rares habitants du village cherchant quelqu'un à qui parler pour rompre la solitude anxiogène. Et pour casser du sucre sur les absents, coupables de toutes les manières. Histoire de se forger une conscience de citoyen. C'est tellement humain…

Elle n'avait donc pas de raison valable d'attendre ainsi. À moins de courir après une pneumonie. Il ne pouvait rien se passer d'autre que ce moment désagréable d'intempéries incontrôlables. Rien ne l'obligeait non plus à rester sous la pluie alors que sa maison était là, sur sa gauche, à une centaine de mètres.

Je ne l'avais pas vue souvent mais je l'avais bien reconnue de loin. C'était la femme de mon voisin.

Il y avait suffisamment de questions à se poser sur sa présence en ce lieu pour que je ressente l'envie d'en savoir davantage. J'étais prêt à traverser la place déserte et mouillée pour aller lui proposer mon aide dans un élan d'altruisme un peu hypocrite.

Depuis que j'étais revenu au pays, pour un temps seulement, nous n'avions pas le moindre rapport de voisinage, mais elle n'allait quand même pas me manger. Elle pouvait avoir besoin de quelque chose et je ne voyais pas pourquoi je devais m'interdire cet élan. J'avais certainement de beaux restes de mon éducation judéo-chrétienne. Je ne m'en suis jamais caché.

Peut-être aussi que je me sentais seul et que cette femme étrange avait tout à coup imprimé ma rétine endormie de son image attachante. J'ai souvent pensé à cette scène fondatrice d'un incroyable chaos et je me suis demandé comment j'avais pu être si naïf.

J'en étais encore à mes interrogations et à mon désir naissant d'intervenir quand l'intrusion de son mari a tempéré mes ardeurs. Comme un diable de sa boîte, l'autre est sorti de sa propriété au volant de son 4x4, un ancien modèle couvert de boue, sans même faire attention à un éventuel véhicule qui aurait pu descendre sur sa droite et le percuter. Il a fait hurler son moteur en passant devant moi sans se soucier de me noyer ou non sous les trombes d'eau projetées par ses pneus à grosses sculptures. Il m'a toisé sans que je puisse imaginer un instant que ce n'était que le fait du hasard de temps et de lieu. J'ai cru qu'il allait ratiboiser les massifs d'hortensias avec son bulldozer. Il a fait déraper ses roues en virant au ras de sa femme qui n'avait pas bougé d'un pouce et il a stoppé brutalement dans un bruit de ferraille martyrisée.

Il est descendu de son véhicule dans un mouvement énergique et il a marché vers elle comme un homme en colère. J'ai cru qu'il allait l'effacer à jamais de la surface de la terre. Il s'est planté devant elle, raide comme la justice. Il l'a prise par le bras en serrant très fort, à lui faire mal visiblement, et il l'a entraînée vers la voiture où il l'a fait monter sans le moindre ménagement.

L'équipage ainsi reformé est passé devant moi : lui, regardant droit devant et ricanant ; elle, figée derrière la vitre constellée de gouttes de pluie, ses grands yeux noirs posés sur moi. Comme un appel au secours.

J'ai suivi des yeux cet étrange duo, le temps de voir l'homme lever la main. Il a dû frapper durement sa femme à la tête puisque celle-ci a accusé le coup comme s'il s'agissait d'un match de boxe, puis le véhicule a tourné sec à droite pour disparaître aussitôt.

J'ai posé mon carton de bouteilles vides à côté du conteneur qui débordait comme d'habitude. J'ai regardé autour de moi pour constater que j'étais bien le seul témoin de cette scène étrange. La petite place était calme, mouillée, apparemment déserte. Apparemment. Puis j'ai regagné mes pénates, un peu frustré. Un peu inquiet.

J'avais bien raison.

II

J'ai remonté tranquillement le raidillon qui menait chez nous. Sans un regard pour la centrale nucléaire de Brennilis tapie dans la verdure faisant partie de mon décor habituel.

Elle est encore là, cette foutue centrale. J'ai manifesté contre, au début. On a même dit que j'étais dans le coup, en août 1975, quand il y a eu deux explosions. C'est vrai, j'étais en congé. De là à allumer la mèche…

Maintenant, je ne sais pas. Et ce n'est pas mon problème. On mettra plus de temps à la rayer du paysage qu'on a mis à la construire. Démantèlement qu'ils disent. Le retour à l'herbe n'est pas pour demain. Le nouveau directeur a passé deux ans en Chine. J'ai lu ça dans le journal. Il va attaquer le béton. Je lui en souhaite…

Mes deux chiens, un épagneul breton et un bâtard chafouin, ont jappé fort en me voyant revenir. Comme d'habitude, ils me reprochaient de ne pas les avoir pris avec moi.

Auparavant, je faisais ça. Ils m'accompagnaient régulièrement jusqu'aux poubelles. Jusqu'au jour… Un adjudant en retraite qui habitait le penty rénové situé en face s'était plaint du désordre mis dans les sacs de tri sélectif. Soi-disant que mes chiens foutaient le souk pendant que je traversais la place pour aller mettre les bouteilles vides dans le conteneur à verre. Comme si je ne les surveillais pas assez. Peut-être qu'une fois ou deux, ils ont cherché de la nourriture dans les sacs. Je ne dis pas. Il y a des gens qui fourrent n'importe quoi là-dedans. Histoire peut-être d'emmerder le monde. Forcément, les chiens sentent tout ça. Ils ne peuvent pas savoir que c'est interdit de déchirer les sacs. Une fois, on a trouvé des petits chats morts à l'intérieur. Alors, vous pensez ! L'adjudant, il a claironné que c'était moi, bien sûr. Tout ça parce qu'il m'est arrivé parfois de débarrasser les mémés de portées bien encombrantes. Les chattes ne sont pas assidues aux permanences du planning familial. Si personne ne fait rien, vous avez une ribambelle de greffiers en train de miauler partout. À voir qui s'en occupe au final. Je ne les mettais jamais dans les sacs. Je les enterrais plutôt et à une bonne profondeur pour que les autres animaux n'aient pas envie de les déterrer en flairant la boucane. Je n'ai jamais voulu m'en occuper quand les petits avaient ouvert les yeux. Question de principe.

Ma mère était en train de sucrer des fraises, assise dans son fauteuil roulant. Elle n'avait déjà plus toute sa tête à ce moment-là.

Elle m'a souri, un peu machinalement peut-être, mais avec un air assez gentil pour que j'aie envie de l'embrasser. Ce que j'ai fait. Pourtant, mes rancœurs étaient toujours là.

Je me suis soigneusement lavé les mains au-dessus de l'évier en regardant machinalement par la fenêtre. J'ai vu que les chiens regardaient vers le nord, surtout l'épagneul. Un peu comme s'il avait été en arrêt à l'orée d'un champ en jachère. Forcément, j'ai été intrigué de constater ça, surtout qu'au bout d'un moment, le chien ne rompait toujours pas. J'ai bouclé ma veste de chasse et je suis ressorti.

J'ai enfermé les chiens dans leur enclos quatre étoiles, peint, cimenté, gravillonné par mes soins. J'ai longé le mur de ma propriété en restant le plus possible masqué par la végétation dégoulinante. Je ne sais pas comment c'est aujourd'hui, mais j'avais un vrai jardin de curé à cette époque-là : des arbres partout, des massifs et des plantes s'imbriquant au gré des pousses successives. Il m'était très facile de me dissimuler à tous les regards. On ne me voyait de nulle part et c'est ainsi que j'aimais vivre. Caché.

J'ai progressé lentement vers la limite située au nord. Dans ce coin-là, j'avais une vieille bâtisse, une sorte de remise à grain, avec du chaume pour couverture et de la vigne vierge sur les murs. Une petite ouverture donnait directement sur la propriété de mes voisins. J'ai gravi l'escalier branlant, une échelle de meunier bricolée, et je me suis posté derrière la petite fenêtre.

Pour l'avoir vérifié en d'autres temps, je savais

qu'on ne pouvait absolument pas me repérer de l'autre côté.

J'ai attendu.

Pas longtemps parce que j'ai vu tout de suite qu'il y avait de l'animation dans la maison. Ce n'était pas bien difficile de s'en apercevoir puisque la construction n'était distante que d'une dizaine de mètres de ma clôture. L'année passée, ils avaient ouvert de grandes baies vitrées dans la façade pour donner sur leur piscine nouvellement creusée.

Ils avaient acheté une maison un peu banale et, en y mettant le prix, ils en avaient fait un lieu de vie vraiment agréable. Je ne dis pas ça d'une façon ironique. C'est vrai qu'ils avaient fait le nécessaire pour adapter le lieu au confort moderne. Je n'aimais pas bien cette architecture mêlant l'ancien et le neuf tout comme je n'aimais pas leur piscine arrondie comme un œuf. Je la trouvais tape-à-l'œil avec son débordement en bois exotique. Mais je l'appréciais quand elle se laissait envahir de jolies femmes.

Il y avait elle, d'abord, qui ne se cachait pas quand elle venait se baigner. Curieusement, elle ne se dévoilait jamais quand il était là. Elle profitait plutôt de son absence pour laisser libre cours à son imagination et offrait son corps aux rayons du soleil en toute simplicité.

Parfois aussi, ils avaient de la visite et, aux beaux jours, il y avait du sang neuf autour de la piscine. Je n'en avais vu que quelques épisodes puisque je ne revenais pas souvent en métropole mais, curieusement, je ne manquais pas les bonnes scènes du film.

Lui ne manquait pas d'argent. Enfin, d'après la rumeur publique. Il avait eu ses parents avant lui et ça avait bien arrangé les choses. Elle n'avait pas beaucoup de bien de son côté, mais il s'en était entiché au point d'en vouloir à tous ceux qui posaient les yeux sur elle. On avait dit qu'elle avait su y faire pour le ferrer comme un gros poisson. Et lui n'y avait vu que du feu.

Toutes les pièces étaient éclairées. Pour certaines, violemment. La voisine, elle, avait enlevé son imper et son cardigan. Elle passait et repassait d'un pas pressé à travers le salon en évitant maladroitement les meubles. Elle se protégeait la tête de ses deux bras en ciseaux comme si on lui lançait des projectiles. Selon ses gestes répétés, je croyais qu'il en pleuvait. Mais je ne voyais rien voler vers elle. J'ai mis ça sur le compte du ciel bouché et des averses qui continuaient.

Elle semblait fuir quelqu'un qui la poursuivait, mais je ne voyais pas son mari. Il restait hors champ comme pour laisser la vedette à sa femme. À certains moments, elle le rejoignait dans les coulisses au gré des allées et venues. Ce qui faisait qu'il n'y avait alors plus personne en scène.

Elle revenait vite. Je comprenais que son mari voulait continuer la leçon alors qu'elle espérait une accalmie. Puis elle disparaissait à nouveau. Pour négocier une trêve sans doute. Je la voyais ouvrir la bouche en grand. Je crois qu'elle criait, mais je n'entendais rien de mon pigeonnier.

Puis elle n'est plus apparue. J'ai changé de position pour être plus confortablement installé. J'ai même pensé, à ce moment-là, redescendre de mon perchoir et rentrer à la maison. Après tout, je n'allais pas rester là à reluquer mes voisins réglant leurs comptes intimes. Ce qui me faisait rester un peu c'était que je l'avais vu la frapper et que je craignais le pire.

Elle est revenue en scène. D'une drôle de façon. Elle était de dos serrant le rideau de la fenêtre d'une main gauche visiblement crispée. Elle se penchait en arrière comme si elle était en déséquilibre et elle semblait tressauter sous les coups de quelqu'un qui restait dans l'ombre. Et qui la faisait souffrir.

J'ai eu envie de passer le mur et de faire irruption dans la maison d'en face. J'ai même imaginé comment j'allais m'y prendre. Ne pas discourir. Frapper d'entrée de jeu et fort pour éviter la riposte, puis prendre la victime par la main et la sortir de là. La sauver d'abord. Ensuite, on aurait décidé quoi faire. Ensemble.

J'allais sauter le pas quand j'ai vu qu'il se passait quelque chose de plus. Elle s'est cabrée davantage puis elle a glissé le long du pan de rideau, très lentement. Et elle est restée là, allongée près de la fenêtre. Je n'ai pas bougé non plus. J'étais pétrifié, mangé par le doute et l'indécision.

Pendant ce temps, le ciel s'était encore assombri,

pas tant à cause de la pluie mais aussi parce que la nuit approchait à grands pas. Ce qui fait que j'ai fini par ne plus pouvoir distinguer les formes. J'ai quitté mon observatoire. À regret.

Avant de retourner chez moi, j'ai regardé à travers la haie. Chez les voisins, le lustre était allumé dans le salon et les rideaux étaient soigneusement tirés.

III

Une fois rentré à la maison, je n'ai plus pensé à tout ça. Je me suis mis à faire la popote. Comme d'habitude. J'ai cuit du riz et de la viande pour les chiens. Et mis le feu sous la soupe de maman.

Les chiens, ils aimaient ça la viande, surtout quand je mélangeais le tout avec du bouillon. Quand j'avais mijoté une vieille poule ou un canard, je gardais le jus de cuisson exprès pour eux. Fallait les voir se jeter sur le grillage de l'enclos quand j'approchais avec les gamelles fumantes. On aurait dit qu'ils devenaient fous. Même le plus petit qui ne pouvait pas sauter bien haut. Il y allait aussi de la jappe jusqu'à ce que j'ouvre le portillon. Ensuite, ils se calmaient, de peur que je fasse demi-tour avec leur pitance sans rien leur laisser. Je leur avais déjà fait le coup un jour qu'ils m'avaient bien énervé.

Je suis allé leur donner leur pâtée. Comme d'habitude, je les ai regardés avaler le tout en deux temps trois mouvements. Le petit était le plus goulu. Avant d'aller tranquillement vers la sienne, il bouffait un peu dans la gamelle de l'autre. Comme pour être bien certain d'être rassasié au final.

J'avais un remplaçant pour les périodes que je passais à l'étranger, mais je savais bien qu'il ne les soignait pas comme moi. Je crois aussi que les chiens faisaient la différence.

Ensuite, j'ai repris les récipients vides et j'ai donné de l'eau fraîche aux deux chiens. J'ai échangé quelques caresses, contre quelques léchouilles, et je leur ai dit :

— Allez dormir maintenant. Et la paix, hein !

J'ai ramené les gamelles jusqu'à la maison pour les laver. Je les ai rincées sous l'eau du robinet de la cour. Ensuite, je les ai secouées comme on faisait dans le temps avec le panier à sa salade. Puis, je ne sais pas encore pourquoi, je me suis arrêté sur le seuil de la maison. À y réfléchir souvent, je crois que c'est à ce moment-là que tout a réellement basculé. Avant, il n'y avait guère que des étonnements et des interrogations de ma part. Là, j'étais en train d'approcher le caractère obsessionnel de la chose. Et j'accédais à un autre monde.

Je suis rentré dans la cuisine. Il y faisait trop chaud comme d'habitude. Ma mère avait toujours des frissons. La maladie sans doute. Alors, je chauffais plus que de raison. Je voulais son bien-être, même si j'avais bien des raisons de lui en vouloir. Elle avait bien le droit à ça avant de s'en aller. Je ne le regrette pas vraiment aujourd'hui. Dans le fond, c'était mon devoir.

Je lui ai versé sa soupe à la louche dans une belle assiette creuse que j'ai posée devant elle. J'utilisais le beau service qu'elle avait reçu en cadeau de mariage. Du Quimper de la plus belle des époques. Il m'arrivait d'en casser une pièce parce que je n'avais guère le doigté pour manier de la faïence de qualité. Mais ça m'était égal d'écorner mon héritage. Ce service était resté des années dans le buffet sans qu'on le sorte une seule fois de ses cartons par crainte d'en ébrécher la moindre soucoupe. En plus, j'étais certain qu'elle en reconnaissait le décor fleuri. Une petite lueur s'allumait dans ses yeux quand elle le voyait.

Elle mangeait seule, difficilement à cause de ses tremblements, mais c'était important de lui laisser le peu d'autonomie qui lui restait.

Je lui ai demandé :

— Après ça, tu auras un dessert ?

Elle m'a regardé. Probablement avec amour, même si je crois aujourd'hui qu'elle ne m'a jamais aimé vraiment. L'âge avait émoussé ses rancœurs.

Je suis allé jusqu'au frigo, une antiquité qu'elle avait conservée en disant qu'il ne fallait jamais se séparer des choses tant qu'elles marchaient encore.

Quand elle avait encore toute sa tête, elle développait alors des théories sur la nécessité de conserver et de prévoir. Elle rappelait les temps de guerre, le temps de sa jeunesse, les privations et tous ces gens qui venaient frapper à la porte pour acheter un litre de lait, une douzaine d'œufs ou deux cents grammes de beurre. Certains faisaient des centaines de kilomètres pour s'approvisionner en campagne. Elle disait combien elle avait été émue par leur discours et encore plus par les billets de banque qui accompagnaient discrètement leurs sollicitations. Elle finissait par des ricanements que j'essayais de prendre pour des rires afin de rendre son attitude moins odieuse, mais je savais très bien que son humanité n'était qu'une façade et qu'elle maudissait ces inconnus qui n'avaient pas su s'organiser face à l'occupant. Elle ne les respectait pas le moins du monde, les sachant prisonniers du système, impuissants à le changer et dépendants de petits fermiers besogneux comme ses beaux-parents qui n'avaient toujours fait que ça. Elle leur reprochait d'avoir tant méprisé les bouseux avant les hostilités qu'elle ne pouvait les plaindre quand ils étaient dans la peine.

Le désarroi de ces gens devant une vie difficile ne lui faisait ni chaud ni froid. Elle se repaissait de leur dépendance, voire de leur soumission, établissant ainsi son propre pouvoir sur le cours des choses. Je la soupçonnais même d'avoir un peu regretté l'occupant. La libération l'avait davantage privée de puissance que de profits.

J'ai touillé un yaourt aux fruits, un grand. Elle adorait sentir les petits morceaux dans sa bouche et elle les mastiquait avec une vraie gourmandise, je crois. Pendant qu'elle mangeait, je lui ai mis la télévision. Elle regardait des jeux que je trouvais imbéciles mais qui étaient suivis quotidiennement par des tas de personnes âgées. Et d'autres aussi. Ils étaient une sorte d'aide pour la mémoire. Maman n'avait plus aucun besoin de ce côté-là, vu que ce qui lui restait de cohérence était parti au caniveau comme l'eau de la lessive.

Ensuite, elle tentait de suivre les informations régionales. Sans forcément les comprendre mais elle ne quittait pas l'écran des yeux. Quand il y avait des scènes de guerre, qu'on voyait des armées en action, des chars et des avions, son teint devenait très pâle. Elle transpirait à grosses gouttes et ses lèvres tremblaient comme si elle était en train de psalmodier des prières. Probablement qu'elle ne faisait pas la différence entre les images et la réalité et qu'elle s'attendait à entendre les bombes tomber dans la cour.

Elle se désintéressait du reste. Elle jetait un dernier coup d'œil à la météo. Elle pointait du doigt vers la carte quand elle voyait qu'un nuage ou un soleil était placé juste au-dessus du village. Enfin, elle fermait les yeux pour indiquer qu'elle en avait vu suffisamment.

Quand elle en eut assez de son yaourt, elle me le fit savoir en grognant. N'arrivant plus à formuler correctement les mots, elle s'était mise à communiquer comme ça depuis quelques mois. Je l'avais connue en meilleure forme à mon retour de l'étranger. Heureusement d'ailleurs que j'avais décidé de rentrer en métropole. Du moins pour un temps.

Si j'avais encore attendu, je n'aurais pas eu la possibilité de parler avec elle comme j'avais envie de le faire depuis des lustres. En la retrouvant, j'avais compris que je ne devais plus repartir tant qu'elle serait en vie. Le médecin avait prédit une dégradation très rapide. Il avait refusé de répondre sur sa longévité. Elle n'avait plus que moi, son fils adoptif, pour s'occuper d'elle. Il n'était donc plus question de séjours exotiques auxquels je devais pourtant de très beaux souvenirs. Mais je n'avais pas tiré un trait définitif sur cette vie au long cours. Avec le notaire et l'accord du juge des tutelles, j'avais déjà organisé la suite.

Je l'ai donc déplacée en fauteuil roulant jusqu'à sa chambre installée au rez-de-chaussée. C'était une chambre à l'ancienne avec un grand lit de bois sculpté avec courtepointe rebondie et oreillers géants. Au-dessus de la tête du lit, trônaient les ancêtres dans des cadres poussiéreux. Plus haut encore, un crucifix montrant un Christ martyr aux membres ensanglantés.

Je lui avais souvent dit de décrocher ce symbole religieux montrant la souffrance alors que j'envisageais la croyance et la foi comme un bonheur. J'en avais vu des peuples de croyants au-delà des mers et des tas de religions. Je ne savais pas quoi penser, mais je m'étais forgé une conviction. Autant croire à des choses belles que de vouloir absolument se mortifier. La vie est bien assez dure sans ça. Ma mère ne l'entendait pas de cette oreille.

Je l'ai placée dans le soulève-malade pour la mettre au lit. Je ne voulais pas de cet engin à la maison, mais le médecin avait insisté prétextant des maux de dos à venir, pour moi comme pour les aides-soignantes qui passaient chaque jour. Soucieux malgré tout de ma santé comme de celle de ces femmes parfois complaisantes qui nous rendaient visite, j'avais accepté de faire entrer ce dinosaure métallique dans la chambre de maman.

Je l'ai allongée sur le drap après avoir disposé les grandes alèzes de nuit. Je l'ai basculée d'un côté puis de l'autre pour lui ôter son gros gilet de laine en évitant de la dénuder. Je n'avais aucun goût pour la vision de chairs flasques, ridées à l'excès. La charge vestimentaire s'arrêtait là.

On la laissait en chemise de nuit toute la journée. Elle était plus à l'aise et c'était bien plus facile pour tout le monde.

J'ai vérifié si la couche était bien en place et si les bandes adhésives étaient correctement collées. Parfois, elle tentait toute seule de changer de position et ses reptations délicates arrachaient les protections. Je ne vous dis pas le tableau quand je la retrouvais au matin.

J'ai rabaissé la chemise de nuit, remonté le drap et la couverture jusqu'à son menton. Puis j'ai lissé le tout pour que ce soit parfait. Je l'ai embrassée sur le front. Je lui ai souhaité bonne nuit. Elle a cligné les yeux puis elle les a fermés lentement comme un rideau qui tombe.

J'ai éteint la lumière et j'ai tiré la porte sans la fermer vraiment pour l'entendre éventuellement m'appeler au cours de la nuit. Je suis retourné dans la cuisine. Je me suis laissé tomber lourdement sur une chaise.

Devant la télé, j'ai zappé dans un geste quasi frénétique avant de conclure qu'aucun programme ne pourrait me retenir.

Dans le fond, je mourais d'envie d'y aller voir. Encore.

IV

J'ai enfilé mon treillis et j'ai placé mon couteau à la ceinture. Habitude de la brousse où il n'était pas question de sortir sans une lame.

J'ai délaissé les bottes pour faire moins de bruit et j'ai chaussé des chaussures de randonnée en peau souple, comme les mocassins des Indiens sur le sentier de la guerre.

Je suis allé jusqu'à la remise en louvoyant entre les massifs, mais je n'y suis pas entré. Je me suis arrêté sur le seuil de la masure et j'ai regardé en direction de la maison des voisins.

Il y avait encore de la lumière dans le salon qui se reflétait dans l'eau de la piscine mais, cette fois, elle était moins agressive. Ils avaient éteint le lustre et allumé des appliques. L'éclairage avait pris une couleur pêche, plus douce et plus chaude, plus adaptée au calme nécessaire d'une journée sur le déclin.

Je ne sais pas ce qui m'a pris.

J'ai ressenti l'envie incoercible d'aller voir ce qui se passait de l'autre côté du mur.

Pour ce faire, j'ai déployé une échelle en aluminium. Pas la toute grande qui me servait à l'élagage des arbres et aux ravalements mais la petite, à tailler les haies. Je l'ai posée dans l'angle afin de m'aider du grillage et j'ai enjambé celui-ci en évitant de le déformer. J'en avais sué sang et eau pour mettre en place cette protection franchement dissuasive et je n'avais pas envie de bousiller mon travail par simple curiosité. J'ai posé un pied de l'autre côté sur le rebord en ciment banché, puis j'ai ramené l'autre jambe. Je me suis promis d'aménager le passage s'il était question d'en faire une habitude.

Une fois debout sur le bord du mur, j'ai embrassé le paysage pour vérifier la quiétude des lieux. Rassuré, j'ai sauté dans le jardin et j'ai plié les jambes comme un parachutiste. Ce n'était pas haut du tout. Je m'y croyais à fond dans ma croisade imbécile. J'ai tenté d'effacer mes traces inscrites dans la terre meuble d'un parterre de petits plants. J'ai espéré que l'averse à venir effacerait toute empreinte significative.

Comme un Comanche sur le sentier de la guerre, je me suis approché de la maison. J'ai choisi un chemin sinueux au lieu de la ligne droite pour éviter d'être repéré et j'ai fait deux arrêts de sécurité en ménageant mes arrières. Je n'en menais pas large. Si l'autre hurluberlu était sorti à ce moment-là, je n'aurais pas pu lui donner la moindre explication valable à ma présence dans son jardin. J'imaginais déjà qu'il se pointe avec une pétoire. Il m'aurait troué la peau pour l'exemple prétextant la légitime défense. Dommage quand on sait ce qui s'est passé depuis.

Une fois au bord de la piscine, j'ai longé le bassin en évitant de marcher sur le pavement. Les traces de pas auraient été l'aveu d'une présence étrangère. Je me suis approché de la première baie vitrée, la plus sombre et j'ai jeté un coup d'œil à l'intérieur. J'ai vu un coin salle à manger complètement désert. J'ai donc décidé d'émigrer vers l'autre baie. Pour atteindre cette ouverture, j'ai été forcé de rebrousser chemin. En effet, il n'était pas question de passer devant la première au risque de produire des ombres chinoises à l'intérieur comme dans les dessins animés. Je n'aurais pas pu fuir si mon voisin avait fait irruption sur la terrasse. Je lui aurais donné une deuxième occasion de faire un carton.

Je me voyais déjà en cadavre flottant dans les eaux bleues de la piscine avec mon treillis fatigué et ma casquette de para. Avec de l'eau plein la bouche et auréolé d'une grosse mare de sang se diluant à l'infini. Un truc de feuilleton américain, sauf qu'au bord de la piscine, il y aurait eu cette femme et je n'avais absolument pas envie qu'elle me vît dans cet état. J'espérais déjà beaucoup mieux pour elle.

Pauvre fou !

J'ai donc refait le tour de la piscine, puis j'ai longé le pignon avant d'aboutir à deux mètres du panneau de verre. Comme j'étais persuadé que j'allais voir quelqu'un de l'autre côté, j'ai décidé d'être chiche. Je me suis allongé sur la terrasse et j'ai risqué un œil, juste un. J'ai vu les deux canapés blancs désespérément vides. Je me suis retiré aussitôt. Si l'un ou l'autre voulait prendre le frais dehors, il allait tomber sur moi. Je me suis carapaté comme une araignée qui fuit désespérément le balai.

Une fois à l'abri du pignon aveugle, j'ai pu respirer un peu.

Je me suis demandé où pouvait être le couple. Leur maison était vaste et je la connaissais assez mal à ce moment-là pour avoir des idées sur la question.

J'avais quand même bien envie de les épier sans qu'ils le sachent. J'étais venu pour ça, pour voir si la femme était blessée et pour lui porter assistance si tel était le cas. J'étais bourré d'un sens moral qui tentait de sauver mon attitude totalement indéfendable. Je me gargarisais d'altruisme alors que je rêvais simplement de m'immiscer dans leur vie privée sans qu'ils ne s'en aperçoivent. C'était de sa faute à elle. Complètement.

J'ai donc fait une tentative de l'autre côté. Ce qui m'a tout de suite intrigué, c'est la porte du garage. Elle était relevée et le 4x4 maculé de boue stationnait juste devant. Il y avait de la lumière à l'intérieur. Crue.

Je me suis approché avec d'infinies précautions, puis je me suis arrêté pour écouter. Tout de suite, j'ai perçu un halètement qui ne cachait rien sur sa nature. Un gémissement aussi. Féminin, celui-ci.

Je me suis mis à quatre pattes et j'ai progressé sur quelques mètres à genoux, en relevant bien les pieds pour éviter des raclements bruyants du bout de mes chaussures. J'ai tempéré ma respiration pour éviter d'être repéré par un souffle de baleine. J'aurais choisi une haleine de chacal pour être plus en situation.

Une fois parvenu devant l'entrée, j'ai baissé la tête juste pour jeter un œil inquisiteur dans l'angle inférieur droit. Et je les ai vus.

Le spectacle au ras du sol était saisissant. Il ne cachait rien sur sa nature. Sur la droite, une chaussure de femme, basculée sur le côté voisinait avec une petite culotte blanche à pois rouges roulée en boule. Je distinguais très bien les froncements provoqués par la rétractation de l'élastique. La chaussure était ternie par l'humidité de cette journée pourrie. L'intérieur en était lustré par le va-et-vient du pied. Bizarre comme je me souviens parfaitement de ces deux objets qui la caractérisaient si bien.

L'homme avait le pantalon de velours baissé en accordéon sur ses chevilles. L'étiquette un peu longue s'était retournée à l'extérieur. Je voyais les semelles de ses chaussures frappées du sceau de la marque. Sa chemise blanche dépassait de son pull gris un peu remonté mais elle ne parvenait pas à masquer son anatomie laiteuse.

Il allait et venait assez violemment entre les cuisses écartées de la femme dont la jupe était retroussée sur son ventre. Je voyais les muscles fessiers de l'homme se contracter sous l'effort qu'il accompagnait d'expirations bruyantes et les hanches de la femme compenser sous le poids.

Il interdisait tout mouvement à sa partenaire en lui tenant les bras en croix. Celle-ci avait la tête penchée de côté, comme une martyre.

Elle gémissait comme une bête blessée. Ses yeux me regardaient intensément.

V

Les chiens ont hurlé quand je suis rentré à la maison. Ils n'avaient pas l'habitude de me voir ressortir le soir et ils n'appréciaient guère ce changement soudain. Je les ai rassurés en passant les doigts à travers le grillage. Une petite caresse sur le museau a suffi pour les calmer.

Maman dormait. Sa poitrine se soulevait dans un mouvement régulier. Entendre son ronflement m'a fait sourire un instant, puis je suis ressorti sans faire de bruit.

J'ai avalé un calmant aux plantes avec un grand verre de vodka. Je me suis rincé la bouche, puis j'ai tout éteint en bas après avoir coupé le gaz. J'ai jeté un œil dans la cour comme chaque soir, puis j'ai fermé la porte à clé et je suis monté me coucher.

Ma fenêtre donnait vers chez eux, mais la végétation et l'orientation des maisons ne me permettaient pas d'avoir une vue plongeante sur leur jardin. De leur côté, ils possédaient un balcon tourné vers chez moi, mais un rideau d'arbres appartenant à un autre voisin leur coupait partiellement la vue.

Je me suis allongé sur mon lit sans me dévêtir. J'avais à penser. J'aurais dû me coucher, m'endormir et rêver de femmes gourmandes plutôt que de me torturer l'esprit avec la vie de ces gens-là.

J'ai tenté de mettre de l'ordre dans tout ça.

L'hypothèse me paraissant la plus plausible s'est imposée d'emblée. Ma voisine avait décidé de quitter son mari. Elle devait avoir ses raisons. Si elle était sous le chêne, mouillée et transie, c'est qu'elle avait espoir que quelqu'un la prenne sous son aile et la protège.

Elle avait pensé à moi. Peut-être même qu'elle m'avait entendu préparer mes bouteilles vides et qu'elle s'était dépêchée de filer à l'anglaise pour être certaine de me rencontrer sur la place. L'intrusion intempestive de son mari, qu'elle n'avait pas envisagée, avait tout gâché. Il lui avait fait payer cher son désir de liberté. Il l'avait copieusement frappée puis obligée à se soumettre sur le sol froid du garage. Comme punition.

Elle m'avait regardé sans rien dire pendant que son mari lui fouillait le ventre en ahanant. Peut-être que le fait de me voir là dans un petit coin, lui avait redonné du baume au cœur. Et puisqu'elle avait repéré ma présence, elle pouvait supposer ma sollicitude à son égard. Sinon, je n'aurais pas pris le risque d'un conflit grave avec son mari par simple curiosité.

Allongé sur mon lit, je me suis dit que j'avais ma part de responsabilité. Au moins une obligation de vigilance pour éviter au mari de commettre l'irréparable. Je n'avais pas à juger de leurs différends, mais je devais agir en citoyen pour éviter le martyre d'une épouse.

Je n'avais pas envie d'aller plus loin dans cet altruisme soudain que je découvrais en moi. Ma mère était gravement malade. Probablement condamnée à court terme. Il ne lui restait donc que peu de temps à vivre et je n'avais pas envie de le lui voler. Je ne voulais pas non plus me lancer dans une croisade qui me tiendrait éloignée d'elle juste à la fin. J'avais le devoir d'être là pour accompagner son départ, le moment venu. Mais entendons-nous bien, ce n'était pas de l'amour. Simplement une obligation morale. Je ne lui devais rien d'autre. Et cette femme, je la connaissais à peine. Depuis mon retour, je l'avais vue plusieurs fois dans son jardin, à chaque fois en tenue légère. Je ne lui avais pas adressé la parole, mais j'avais posé mes yeux sur elle comme les hommes savent le faire. Avec désir et avec regret.

Je sortais d'une longue période sous le soleil des tropiques où les femmes blanches et libres étaient rares. J'en avais soupé des infidélités passagères s'apparentant à une thérapie compensant chaleur et moustiques. Du genre à s'envoyer en l'air au moment de la sieste pour tuer le temps. J'avais couché avec des autochtones contre un petit service, de l'argent ou même rien sans avoir à m'attacher, sans me soucier du sentiment ni de l'envie de fonder une famille, sans réfléchir à une relation durable empreinte de chaleur et de partage. Je les avais honorées en prenant un plaisir aussi passager qu'éphémère. J'avais répété à l'envie le même type de rapports en changeant tout simplement de partenaire. Une sorte de comportement premier. Primal.

Rentré en métropole, j'aspirais à quelque chose de différent, de plus solide. Sinon rien.

Alors forcément, je l'avais observée à chaque fois qu'elle s'était montrée, mais je n'avais rien fait pour qu'elle puisse croire à des choses. D'ailleurs, elle me narguait plutôt, jouant de l'arrogance de sa poitrine comme d'une autorité naturelle qu'elle aurait eue sur les hommes. Et cette servitude-là ne me convenait pas du tout.

Je me suis expliqué sur le pourquoi de mon escapade de l'autre côté du mur. J'avais la crainte qu'il ne la frappât au point de la tuer, pour ce qu'il pouvait prendre pour un rendez-vous avorté. Je ne connaissais aucune de ses motivations, rien de ses craintes ni de ses envies. Ce que j'avais constaté c'était le coup qu'il lui avait mis en venant la reprendre. Et cette violence-là pouvait conduire au crime. Naturellement.

Ensuite, j'ai voulu dormir. Donc je me suis déshabillé rapidement et je me suis fourré entre les draps sans même allumer la lampe. Mais une image m'a taraudé l'esprit à me faire mal. Celle d'un corps femme écartelé sur le ciment froid. Une belle femme qui me regardait.

VI

Le matin venu, je n'étais pas très frais. Ma nuit avait été peuplée de seins ronds, de cuisses ouvertes sur l'ombre intime et de ce regard si particulier posé sur moi.

J'ai pris une douche, d'abord très chaude puis glacée afin de me donner le coup de fouet nécessaire pour aller de l'avant. Ensuite, je suis descendu pour embrasser maman. Elle était encore dans les vaps. Le soir, je lui faisais avaler un cachet prescrit par son médecin. Il avait dit de lui donner un demi-comprimé. D'autorité, j'avais doublé la dose. Alors forcément, elle était un peu ensuquée au réveil, mais c'était ce que j'avais trouvé de mieux pour éviter qu'elle ne hurle la nuit en appelant mon père mort et enterré depuis plus de dix ans.

Je me suis installé devant la fenêtre et j'ai déplié le journal. Comme d'habitude, j'ai lu un tas de turpitudes étalées à l'encre grasse sur les pages ramollies. L'humidité pénétrait dans le tronçon de tuyau d'évacuation servant de boîte à lettres. Je m'en suis repu comme un prédateur amoral parce que toutes ces choses dont je n'avais pas connaissance quand j'étais en brousse m'étonnaient puis m'attiraient par une sorte de morbidité naturelle. Ensuite, j'ai continué avec les pages sportives puisqu'elles étaient là. J'ai regardé surtout les photos, admirant l'effort des uns et des autres devant le but adverse. J'ai refermé le journal. Je l'ai replié avant de le poser sur la pile. Chaque fin de semaine, je fourrais le tout dans le sac dévolu au tri sélectif pour en finir le remplissage et j'allais porter le tout sur la placette avec le reste.

L'aide-soignante est arrivée vers neuf heures et demie. En faisant ronfler son moteur comme d'habitude. On aurait dit qu'elle venait d'avoir obtenu son permis de conduire. Je m'en étais déjà moqué. Depuis, elle continuait de plus belle. Pour me faire enrager.

Elle est entrée sans frapper, un peu à la hussarde, comme si elle était chez elle. En parlant dans le quartier au moment où le service s'était mis en place auprès de ma mère, j'avais entendu dire que l'attitude de certaines de ces visiteuses heurtait souvent les familles. On leur reprochait leur manque de tact, voire leur brutalité. Plus encore, on pestait grave contre l'inexistence de leur ponctualité. Le client voulait être roi et soumettre la visiteuse. Je m'étais accommodé de celle-ci à ma façon.

Elle a tout de suite enlevé son pull en me disant :

— C'est dingue ce qu'il fait chaud chez vous !

J'ai simplement répondu :

— C'est pour maman.

Elle a haussé les épaules.

— Vous allez la faire mourir. Ce n'est jamais bon de chauffer tant que ça !

Elle a enfilé ses gants de caoutchouc. Elle lissait bien le latex sur chacun de ses doigts en me regardant, comme d'habitude, avec son air de défi. Elle a ensuite réclamé une bassine d'eau chaude que je lui ai portée dans la chambre et elle m'a intimé l'ordre de sortir d'un geste très direct. C'était une sorte de jeu entre nous. Je n'ai pas renâclé, j'attendais mon heure.

Elle s'est occupée de maman pendant que je lui faisais chauffer un petit café. Je l'ai entendu lui parler, fermement par moments, puis elles sont restées silencieuses toutes les deux. J'ai supposé qu'elle lui massait les jambes.

Quand elle m'a rejoint dans la cuisine, elle n'a pas voulu s'asseoir à côté de moi prétextant une matinée très chargée. Je lui ai quand même passé la main entre les cuisses. Elle m'a dit qu'elle n'avait pas le temps ce jour-là à cause d'une visite supplémentaire que sa responsable avait rajoutée à sa tournée. J'ai insisté, juste un peu, et elle a enlevé sa culotte.

Une fois qu'elle a été partie, je me suis réajusté et je me suis assis à nouveau devant la fenêtre. J'ai attendu sans savoir ce que j'attendais au juste. J'avais la vision de la veille dans la tête et je me demandais bien quelle suite on allait donner à tout ça. Comme si je cherchais de l'occupation. Je ne me doutais pas à quel point j'allais être servi.

C'est quand j'ai entendu le moteur du 4x4 ronfler

que j'ai eu envie de sortir. J'ai couru jusqu'à la haie, le temps d'apercevoir deux silhouettes dans l'habitacle. J'ai supposé qu'il s'agissait de mes voisins, mari et femme. J'ai échafaudé des hypothèses allant de la visite chez le médecin à cause des coups au transport vers la gare pour entériner la séparation, puis je me suis dit qu'il serait bien intéressant de voir comment vivaient ces gens que je ne connaissais pas vraiment.

Moi aussi, j'étais ferré.

La veille, j'avais osé fouler l'herbe de leur pelouse. Je pouvais me risquer plus avant, pénétrer dans leur habitation et essayer de comprendre ce qui se passait entre eux. Je n'imaginais pas combien j'allais m'immiscer dans leur vie. Mais j'en avais envie.

J'ai aussi pensé au pourquoi de ma démarche. J'ai mis le tout sur un surcroît de curiosité, puis j'ai doré le tout à l'or fin en me donnant le beau rôle, celui du défenseur de la femme battue, du pourfendeur de la violence et de l'injustice. Tout ça pour avoir de bonnes raisons de passer par-dessus le grillage et de forcer leur porte. Rien que ça.

J'avais une petite idée sur le mode opératoire de ma visite impromptue. Expérience oblige, je n'avais pas l'intention de mener ça comme une banale visite. Il s'agissait bien d'une incursion en territoire ennemi, en milieu hostile, comme disaient les spécialistes des opérations commandos.

Une fois de l'autre côté, j'ai longé leur clôture donnant sur la route et je me suis dirigé vers le garage. J'ai souri quand j'ai vu que la porte en métal laqué n'était pas abaissée. De mémoire, je ne me souvenais pas de l'avoir souvent vue fermée sauf quand le couple partait pour quelques jours. À chaque fois que je passais devant, je jetais un œil. Par habitude.

J'ai bien regardé aux alentours pour être bien certain d'être seul sur les lieux. Dans notre quartier, il y avait toujours des yeux et des oreilles à traîner. Il était bien difficile de faire quoi que ce soit sans être vu ou entendu. Il n'y avait guère que l'intérieur des maisons pour donner cette sécurité. Et encore.

Le garage était nickel. Le sol peint ne portait que deux traînées plus sombres indiquant le frottement des pneus. Ailleurs, la couleur était intacte. J'en ai été légèrement frustré. On remarquait les coups de balai donnés régulièrement. Sur les murs, il y avait une série d'étagères métalliques où étaient rangés une cohorte d'outils et des cartons soigneusement fermés. Tout au fond, devant l'emplacement réservé à la voiture, on avait posé deux grandes armoires métalliques contre la cloison.

Entre les armoires et les étagères, se situait la porte de communication avec la maison. J'ai été surpris de constater que c'était une porte coupe-feu dont le battant s'encastrait au millimètre dans une feuillure en métal. Bel objet impossible à fracturer si l'envie vous en caressait l'esprit surtout que la serrure n'était manifestement pas une fermeture de jouet. Mais j'ai supposé que cette porte était principalement là pour éviter la propagation d'un incendie. J'ai donc supposé qu'on la refermait soigneusement mais qu'on ne l'utilisait pas forcément comme un coffre-fort.

En essayant de l'ouvrir, j'ai tout de suite senti la résistance d'une porte fermée à clé. Je n'en suis pas resté là et je me suis demandé si cette clé n'était pas tout simplement cachée dans un pot de fleurs dans la mesure où l'absence était de courte durée. L'habitude fait faire des gestes si machinalement qu'on a du mal ensuite à s'expliquer tant de légèreté voire de désinvolture.

Je n'ai pas eu à chercher longtemps. Je l'ai trouvée posée à l'intérieur de l'enveloppe d'un pneu de rechange pour le 4x4 accrochée sur le côté de la rangée d'étagères.

Muni du précieux sésame, clé à points tout de même, j'ai pu ouvrir la porte, monter au rez-de-chaussée et pénétrer ainsi dans l'intimité du couple d'enfer.

J'ai d'abord été surpris par la décoration résolument moderne des lieux. Peintures claires et colorées, meubles design, tableaux abstraits. Peu de bibelots mais des sculptures de bronze petites et grandes. Aucune chaleur, aucune âme. Un décor nécessaire, obligé, qui ne montrait pas le coup de cœur, la sensibilité ou le respect du souvenir.

Au rez-de-chaussée, j'ai visité la cuisine bourrée d'appareils ménagers dernier cri, puis j'ai parcouru le séjour s'ouvrant sur la piscine. La pièce très spacieuse était encombrée de canapés de cuir beige, de poufs et de tapis assortis. J'ai fait un détour par les toilettes. J'aimais bien les examiner quand j'allais chez quelqu'un. On dit toujours que c'est l'endroit qui donne les meilleures informations sur les propriétaires.

Il y a d'abord la propreté mais, mis à part le problème d'hygiène, ce n'est pas forcément le plus intéressant. Il y a la décoration, les objets, le genre de lecture mis à disposition. Parfois, le réduit est encombré d'étagères où la famille fourre un tas de choses inutiles et cache des secrets. Lui ses revues érotiques et elle ses lettres d'amour.

Là aussi, j'ai trouvé bizarre ces murs ripolinés de noir autour d'une cuvette très blanche à faire cligner des yeux. L'étagère ne supportait rien d'autre que deux rouleaux d'avance et un paquet de serviettes hygiéniques. Le papier blanc sortait d'un porte-rouleau noir. J'en ai caressé la première feuille pour en éprouver la douceur. Plus surprenant, ce grand miroir loupe garnissant toute la face interne de la porte.

Ensuite, je suis monté à l'étage lentement, sans faire de bruit, de peur de déranger quelqu'un. Je ne les avais jamais vus que tous les deux, mais ils auraient pu héberger secrètement une tierce personne, avoir un enfant caché ou je ne sais qui d'autre.

Il n'y avait personne. J'ai découvert qu'il y avait des pièces fermées du côté donnant sur l'entrée, puis deux chambres séparées par une salle de bains avec vue sur la piscine au premier plan et sur la chapelle Saint-Michel au loin.

Dans la première, le lit était ouvert et complètement défait. Il y avait une petite auréole humide en plein milieu du drap de dessous. Il y avait un appareil photo numérique oublié sur le bord de la couette. J'ai tout de suite supposé qu'ils avaient immortalisé leurs ébats. Des vêtements froissés constellaient l'épaisse moquette comme s'ils avaient été abandonnés à l'endroit même où ils avaient été enlevés du corps qui les portait. Posés sur un magazine people, voisinant avec un paquet de cigarettes écrasé, il y avait deux verres dont l'un était renversé. Sur le bord de ce dernier, j'ai remarqué des traces de rouge à lèvres. Violet, le rouge.

Dans la seconde pièce, le lit était presque intact. Sur le côté gauche, la couette avait été repoussée comme si une seule personne s'était allongée délicatement. Il y avait un livre ouvert posé à l'envers sur la table de nuit. Il s'agissait d'un polar à la couverture flashy, sorti récemment en édition de poche. Le titre ne me disait rien.

J'ai ouvert la penderie fermée par plusieurs battants escamotables à la manière des soufflets d'un accordéon. Je n'y voyais pas grand-chose. J'ai allumé le plafonnier puis l'éclairage intérieur du meuble. J'ai délaissé manteaux et vestes pour m'attacher aux robes. Il y en avait de toutes les couleurs, certaines criardes et d'autres douces à pleurer. En poussant davantage sur les panneaux amovibles, j'ai dégagé la partie lingerie. Des tiroirs sont apparus et je n'ai pas hésité un seul instant à les ouvrir un à un. J'ai touché les pulls et les jeans, puis j'ai caressé les sous-vêtements, surtout les parties brodées couvrant les seins et l'entrejambe des petites culottes. Comme si j'avais ma voisine au bout des doigts.

Dans un autre tiroir, celui situé tout en bas, j'ai découvert des souvenirs. Quelques cartes postales, des lettres et des colifichets ramenés de sorties adolescentes. Des trucs qui parfois font du mal mais dont on ne se sépare jamais.

Ensuite, je suis entré dans leur salle de bains accessible des deux chambres et j'ai inspecté la baignoire. J'ai passé la main largement ouverte sur le côté intérieur et j'ai constaté que la paroi était mouillée. En examinant la bonde d'un coup d'œil, j'ai jugé que la dernière personne à avoir pris un bain n'avait pas bien rincé la baignoire. Voire pas du tout.

Puis, je me suis planté devant les deux vasques. J'ai supposé qu'ils avaient chacun la leur. J'ai allumé. Sur la petite étagère en verre située au-dessus de la vasque de gauche, j'ai trouvé quelques médicaments : des anxiolytiques, de la crème contre les hémorroïdes, du paracétamol en cachets effervescents et deux petits pansements résistants à l'eau. J'ai manipulé la brosse à dents, la brosse à cheveux puis je suis passé à l'autre vasque. Il y avait une boîte de pilules contraceptives à côté d'un tube de lubrifiant vaginal.

J'ai ôté le couvercle des boîtes de quelques produits de beauté. J'en ai respiré le contenu, puis j'ai touché les crèmes une à une du bout de mon majeur. J'en ai vérifié l'onctuosité et le parfum, puis j'ai passé les doigts sur une serviette sans m'en saisir. J'ai terminé mon inspection par un coup d'œil dans la poubelle. Elle avait été soigneusement vidée.

Je suis redescendu au rez-de-chaussée. Je ne pouvais pas m'éterniser chez eux. Ils pouvaient revenir à tout moment et me surprendre. Je ne vois pas bien ce que j'aurais pu leur donner comme explication plausible de ma présence à l'intérieur de leur maison. Surtout que lui m'avait toisé aux poubelles. Je ne connaissais pas ses intentions mais je les devinais sombres et violentes. Comme quoi…

Je suis donc retourné dans le séjour. Je voulais voir l'image qu'ils avaient de chez moi quand ils se postaient derrière leurs baies vitrées.

Je me suis planté derrière les vitres et j'ai regardé comme ils devaient le faire parfois. J'ai même scruté avec attention pour saisir le moindre détail au-delà d'un coup d'œil distrait.

Vue peu engageante, un peu carcérale, qui m'a surpris. Je ne m'attendais pas à cette impression-là. Ils voyaient un mur lisse et rectiligne surmonté d'un grillage en treillis soudé. Au second plan, ils prenaient dans leur champ de vision le pignon de la remise en pierre couverte de chaume. Mon pavillon de chasse, comme je l'appelais. Plus loin, j'apercevais l'angle de la maison d'habitation pratiquement masquée par les arbres.

Du parc, ils ne pouvaient en voir que des tranches

verticales tant les arbustes plantés par mon père brouillaient la perspective.

Dans le fond, j'étais rassuré qu'ils ne pussent pas facilement observer les allées et venues tandis que moi je pouvais tout à loisir les surveiller à leur insu.

Je suis redescendu au sous-sol, j'ai refermé soigneusement la porte métallique derrière moi, puis j'ai replacé la clé à l'endroit où je l'avais trouvée.

VII

Je suis revenu chez moi par le chemin que j'avais reconnu à l'aller. Je n'imaginais pas que j'allais l'emprunter souvent.

Au passage du grillage, j'ai eu un peu de mal et je me suis dit que j'allais en cisailler quelques mailles afin de rendre plus facile mon enjambée du retour. Ainsi, il me suffirait de plier un peu le treillis soudé pour éviter une chute malencontreuse en arrière. Je me voyais mal, allongé dans l'herbe les quatre fers en l'air, sous l'œil menaçant du voisin arrivé sur les entrefaites. Et j'ai rigolé tout seul. Une demi-heure avant, je faisais très attention à ne pas saloper ma clôture ! Comme quoi, le fait d'avoir effectué une visite discrète chez mes voisins allait m'autoriser bien des excès. Voire tous.

J'ai longé le mur en pierre de mon autre voisin pour revenir vers la maison. J'avais le souci de vérifier que mon manège n'avait pas été observé par un tiers qui n'était certainement pas digne de confiance. Comment aurait-il pu en être autrement alors que je soupçonnais tout le monde de me détester copieusement ?

Le petit père tranquille vaquait dans son jardin. Il

déplaçait des branches au moyen d'une antique brouette et il marmonnait tout seul en donnant parfois des coups de tête vers le ciel. Il meublait sa solitude depuis que sa grosse bonne femme était partie avec un bellâtre rencontré lors d'une matinée dansante au Point de Vue à Laz.

Une histoire qui avait fait du bruit dans le quartier, vous pensez. Elle, un air pendable, avec des frusques d'un autre âge, et lui, le prétendant, costarisé et parfumé comme une cocotte. Rien de théoriquement possible entre eux. Et pourtant...

Ils s'étaient rencontrés sur une valse de Strauss, adaptée pour l'accordéon soit dit en passant, qu'il enlevait légèrement tandis qu'elle suivait péniblement avec ses gros mollets poilus. Mais le charme inattendu s'était opéré assez naturellement. Probablement parce que le soupirant affectionnait les femmes fortes. On avait dit aussi qu'il lorgnait sur les économies de la nouvelle dulcinée et que c'était elle qui allongeait la monnaie pour garder auprès d'elle ce Douglas Fairbanks de province.

Son mari à elle, enfin, le légitime, avait pris ça comme une tocade qui ne durerait pas. Il avait dit dans les commerces qu'elle reviendrait bientôt au bercail parce qu'il était le seul à pouvoir la supporter.

En attendant, il était un peu à la dérive. Il guettait le facteur espérant des nouvelles et il continuait à entretenir son jardin parce qu'il n'avait pas envie de se faire incendier de bêtises si elle revenait sans prévenir.

Quand il ne savait pas quoi faire de ses dix doigts, il allait sur la place inspecter les poubelles. Il fourrageait dans les cartons, éventrait les sacs et rapportait chez lui des tas de bricoles inutiles qu'il installait dans son jardin comme pour en faire un musée dérisoire. On aurait dit qu'il faisait un pied de nez à sa femme absente.

Il devait espérer que le bric-à-brac dont elle pouvait avoir connaissance la ferait rentrer dare-dare. Rien que pour l'engueuler.

C'est quand je suis arrivé sur le seuil de ma maison que j'ai senti que quelque chose clochait. Je suis entré. Je me suis versé un verre que j'ai bu d'un trait, puis je suis resté là sans bouger, un moment. Je me suis repassé le film de ma visite. J'ai vite compris que j'avais fait une erreur. Grossière.

Les lumières, là-bas, je ne les avais pas éteintes !

Je suis devenu comme fou. Je me suis rué sur la porte comme un forcené et je me suis mis à courir dans mon jardin en direction du grillage. Les voisins allaient revenir sans tarder. Ils trouveraient bizarres toutes ces lampes allumées. Passe encore pour une. Ils auraient pu penser à un banal oubli. Mais la chambre, la penderie et la salle de bains allumées comme un parcours balisé, c'était franchement trop.

En arrivant au grillage, j'ai constaté que j'en avais fait une autre de bourde. J'avais en plus oublié la petite échelle contre le montant. Je me suis promis de ne plus l'utiliser à l'avenir.

Vraiment, j'avais tout fait pour que leur interrogation se transforme rapidement en certitude. Je m'en suis voulu d'être un si piètre monte-en-l'air. J'ai intérieurement glosé sur mes gestes de Comanche et mes précautions à deux balles. Là, j'avais fait fort et si le voisin se pointait sur les lieux avant réparation, il n'allait pas me sourire...

J'ai sauté sur leur pelouse, puis j'ai longé leur potager pour arriver plus vite au garage. Soudain, j'ai eu une idée de génie. J'ai pris une grosse branche morte, il y en avait beaucoup chez eux sous les arbres, et je l'ai mise en travers sur leur voie d'accès de manière à faire stopper le 4x4. Elle aurait pu naturellement tomber là.

De retour dans le garage, j'ai retrouvé la clé et je suis monté dans les étages sans mes chaussures un peu mouillées.

Rageusement, j'ai éteint toutes ces lampes qui semblaient me narguer. J'ai soigneusement refermé la penderie et je me suis lancé dans l'escalier. C'est quand j'ai mis la clé dans la serrure pour refermer la porte blindée que j'ai entendu ronfler le 4x4. La branche remplissait parfaitement son rôle.

J'ai fait le tour par la piscine pour éviter de tomber nez à nez avec eux et j'ai filé en courbant le dos. J'ai passé ma clôture en accrochant mon pantalon de treillis. J'ai escamoté l'échelle et je me suis réfugié dans la remise.

Mon cœur battait la chamade et j'étais trempé de

sueurs froides. Je suis monté à l'étage et je me suis posté devant la mansarde.

C'est à ce moment-là que j'ai vu mon voisin. Il était posté, les bras croisés, derrière sa baie vitrée. Et il regardait fixement dans ma direction.

VIII

Après cet épisode qui aurait pu tourner au désastre le plus total, j'ai temporisé. Après tout, les problèmes de couple que rencontraient mes voisins ne me regardaient pas plus que ça. La voisine était rentrée au bercail. De gré ou de force, ce n'était pas mon problème tant qu'elle ne m'avait pas appelé à son secours. C'est vrai que son regard saisi à l'horizontale avait quelque chose d'étrange. Étrange à cause du lieu où se situait la scène. Étrange à cause de ce tableau impudique qu'ils m'offraient.

J'avais tellement eu peur de me trouver nez à nez avec eux dans leur propre maison que cet événement avait refroidi mes ardeurs. Moi qui me croyais investi d'une mission salvatrice, j'avais plutôt envie de jouer sur le registre de l'indifférence. Il serait bien temps de m'en préoccuper de nouveau si un élément nouveau le commandait.

Du coup, je me suis lancé dans des travaux, me tenant éloigné de la lisière nord de ma propriété pour ne pas être tenté de regarder de trop près ce que pouvaient faire mes voisins. Je me suis arrangé avec l'aide-soignante pour que maman ne soit pas seule trop longtemps. Je me suis baladé avec mes chiens. J'ai fait un tour par Bodkador et j'ai poussé jusqu'à Roc-Trédudon, histoire d'embrasser toute la cuvette d'un seul coup d'œil. Elle avait changé au point de vue végétation depuis le grand incendie. Ce jour-là, j'avais admiré la ronde des Canadairs écopant dans le lac et remontant au vent avant de plonger dans le trou comme des Stukas, pour pilonner les flammes. Une autre fois, je me suis arrêté à Balaneg Ber en souvenir des toits de genêt aujourd'hui disparus. J'ai poussé jusqu'à Ti ar Yeun, la maison des marais. Les pilhaouer de l'Arrée n'ont jamais été des étrangers pour moi. Peut-être que j'en aurais été un farouche si j'avais vécu à leur époque…

Je suis allé jusqu'au barrage. Ils avaient installé un grillage pour éloigner les importuns. Avant, on s'accrochait au chemin de ronde pour se faire les muscles. Je me suis hissé sur le bord pour regarder l'eau du lac. C'est tellement beau cette étendue de bleu mercure qui clapote sans relâche !

Pour moi, c'est l'endroit de tous les matins du monde. De la peur aussi quand le crachin se mêle à la nuit qui vient. Là, c'est le temps de l'Ankou qui commence. Il ramasse les âmes des morts. Les elfes, lutins et autres korrigans s'amusent de cette heure entre chien et loup. Ils sont le lien entre le monde des vivants et le souterrain des morts. Les portes de l'enfer s'ouvrent en ce lieu. Le mien n'était pas loin et je ne m'en doutais pas.

J'avais quand même toujours en tête l'image d'une femme debout sous la pluie qui se superposait souvent avec la même, belle mais allongée sous l'homme qui lui faisait l'amour. Ces deux séquences arrivaient à s'amalgamer au point de gommer l'homme qui était entre nous et de me faire jouer le rôle dans un fantasme parfois douloureux. Je m'avouais parfois qu'elle m'obsédait et pourtant, je ne voulais plus qu'on se rencontre. J'avais le sentiment que, si je nouais la moindre relation, j'y laisserais tout ce qui me restait de liberté.

C'est un ouvrier agricole qui travaillait souvent dans un champ voisin qui a remis une couche. Je ne saurais jamais si c'était intentionnel ou purement fortuit. Quand même, je sais bien que la méchanceté des gens n'a guère de limites.

Mon retour dans le village n'avait pas été salué par des applaudissements. J'avais une réputation un peu sulfureuse datant de mes engagements passés pour des causes perdues et d'aucuns n'avaient pas envie de voir se réinstaller un activiste auprès de chez eux. Ils n'appréciaient pas ma mère non plus. Ils la jalousaient copieusement, espérant qu'elle calanche assez vite pour ne plus entendre parler de notre famille. La propriété serait vendue parce qu'ils étaient persuadés que je n'allais pas revenir m'y installer. Ce qui n'était pas complètement faux.

Mais c'était sans compter sur la maladie de ma mère.

Ils me voyaient parfois revenir des antipodes. Ils ne s'en inquiétaient pas parce qu'ils savaient bien que j'allais repartir au bout de quelques semaines. Ils étaient agréables avec moi, renchérissant sur la douceur du climat tropical et sur les bonnes fortunes dont je ne devais pas manquer. Comme pour m'inciter à retrouver très vite les poitrines opulentes s'offrant au soleil.

Je n'étais pas dupe de leur hypocrisie crasse. J'en jouais même en leur décrivant un eldorado qui n'était proposé qu'aux plus ambitieux et je les laissais repartir dans leur chaumière avec à la bouche ce petit goût amer que laissent les actes manqués.

L'homme était un drôle de zig, taciturne et secret, assidu des sorties d'école et des bacs à sable, sans qu'on eût pu lui reprocher le moindre geste déplacé. On avait parlé de lui du côté d'Huelgoat et même plus loin. Il rôdait par ennui, par plaisir ou par habitude et il allait toujours d'un même pas cadencé à la manière des sapeurs de la Légion étrangère.

J'ai été agacé par le bruit régulier d'un moteur de tracteur au ralenti, un bruit qui n'en finissait pas. Je me suis approché de la limite de propriété à l'est, cette fois, et j'ai vu qu'il avait arrêté son gros tracteur rouge fatigué devant un tas de pierres. Il était en train d'en ranger une partie sur un plateau de bois brut qu'il avait bricolé à l'arrière de son engin. J'ai supposé qu'il en avait encore pour un long moment avant d'avoir terminé son opération et je n'avais pas envie de supporter le bruit du tracteur plus longtemps.

Je l'ai hélé :

— Oh, Arsène !

Je l'ai vu s'immobiliser, une grosse pierre dans les mains et se retourner dans ma direction. Il ne m'a pas vu tout de suite à cause de la végétation et j'ai dû agiter le bras pour qu'il me repère. Du coup, il a laissé choir le moellon et il s'est redressé. Il a essuyé ses mais sur son pantalon bleu, puis il s'est avancé vers moi en prenant son allure si caractéristique.

Une fois arrivé au grillage, il a grommelé :

— Qu'est-ce qu'y a ?

— Tu fais du boucan avec ton char d'assaut ! ai-je dit en rigolant.

Il ne l'a pas forcément bien pris.

— Et alors ? On est en république !

— Justement ! Pense au bruit qu'il fait, ton engin !

— C'est pas moi qui construis les tracteurs. Faudrait leur dire de les faire plus silencieux !

— En attendant, tu peux stopper le moteur…

Arsène haussa les épaules.

— Après, il redémarre plus, la vache ! Faut attendre qu'il refroidisse ! Et ça m'énerve !

— Fais comme on a dit, et je t'offre un verre. À ton retour, il va repartir comme en quarante !

Je me souviens qu'il n'a pas accepté tout de suite. Il avait une tâche à accomplir et il était du genre à finir le travail avant de faire une pause.

Il a quand même fait une entorse à son rythme de vie, probablement parce qu'il avait bien envie qu'on cause un peu. Il est reparti vers son antiquité fumeuse et bruyante. Il en a coupé le contact en me regardant. Il attendait probablement un geste de satisfaction de ma part. Je ne suis pas allé jusque-là.

Je l'ai emmené dans une cabane attenante au chenil pour ne pas le rapprocher de chez mes voisins. Je n'avais pas envie qu'il comprenne que je pouvais les observer sans être repéré.

J'ai débouché une bouteille de Bordeaux. J'ai rempli le verre sans attendre. Il n'a pas relevé le goulot comme on fait quand on a été suffisamment servi. J'ai vu que mon choix lui faisait plaisir au claquement de langue clôturant une longue gorgée.

Au troisième verre, il est sorti de son silence.

Il a demandé :

— Et l'aut' ?

Il a fait un geste vers le grillage.

— Je ne le vois pas en ce moment, ai-je répondu vaguement.

Arsène a souri en arborant un râtelier clairsemé.

Il a affirmé :

— Lui, il te voit. Pour sûr !

— Comment ça ?

Il a hésité.

— Il s'intéresse, quoi !

— Tu l'as vu m'espionner ?

— Il passe le long de la haie. Il s'arrête et il regarde. Le matin, le soir. Tout à coup, on le voit plus. Il se cache.

— Et elle ?

— Elle a l'air triste quand elle vient chercher son pain. Avec lui. Toujours.

— Et ensuite ?

— Elle reste derrière ses carreaux. Elle attend.

— Tu sais quoi ?

— Les événements.

— C'est quoi, les événements ?

— La suite. J'sais pas…

Il s'est rincé le gosier, puis il a essuyé sa bouche d'un revers de manche. En me regardant fixement, il a ajouté :

— On dit qu'elle a voulu partir.

— Ah bon ?

Il a rigolé.

— Et que tu le sais très bien !

— Et c'est tout ce qu'on dit ?

— On dit rien de plus. On n'en pense pas moins !

IX

Ainsi mon voisin m'épiait. Quelque chose avait dû clocher dans ma fuite précipitée. J'avais été tellement obligé de faire vite qu'un détail avait pu m'échapper. Ce n'était pas anodin qu'il se campât ainsi derrière la vitre à regarder dans ma direction.

Arsène l'avait vu rôder. À noter en passant qu'il n'avait pu le faire qu'en le faisant lui-même. Il devait bien essayer de reluquer la moindre femme du hameau en espérant qu'elle se dévoile un peu. Je n'avais pas pleinement confiance en ses dires parce que je ne voyais pas pour qu'elle raison il allait tout à coup être pris de compassion pour moi. Surtout que durant mon absence, c'était lui qui venait retourner la terre quand ma mère faisait encore ses patates et ses haricots. Même quand elle avait arrêté de gratter les mottes de terre, elle insistait pour qu'il passe un coup de Rotavator.

Il était du genre à entrer chez nous comme dans un moulin. Comme s'il était gestionnaire de la terre. Rapidement, j'avais mis un coup d'arrêt à tout ça puisque c'était totalement inutile. Et intrusif avec ça : je le trouvais au bord d'un sillon alors qu'on ne l'avait pas sonné. Il en avait pris ombrage comme s'il ne reconnaissait pas mon autorité sur le domaine de ma mère. Il perdait aussi quelques juteuses compensations calculées à la louche et toujours à son profit. Je le soupçonnais aussi de manger à sa table et de vider quelques chopines gratuites.

Il devait aussi rêver de confrontation, histoire d'animer le bourg bien endormi sous sa chape de plomb. Sans doute était-il de ceux qui m'attendaient au virage et qui allaient compter les points en affirmant qu'ils ne s'occupaient pas des affaires des autres. Judas.

J'ai donc joué au chat et à la souris avec mon voisin pendant quelques jours. Je partais avec tout mon barda et mes chiens comme si j'allais en forêt pour la journée, puis je rentrais brutalement au bout d'une demi-heure pour tenter de le surprendre. D'autres fois, je laissais la voiture dans un chemin creux et je revenais à travers champs espérant le prendre à revers. J'ai fait semblant aussi d'être parti de bonne heure en me cachant dans la remise au lever du jour et en n'en sortant qu'à la tombée de la nuit. Il me suffisait de négocier avec l'aide-soignante pour qu'elle soit un peu plus présente ces jours-là. En prime, j'étais certain qu'elle dirait partout que je n'étais pas là. Le voisin pouvait l'apprendre et en profiter pour s'aventurer davantage.

L'aide-soignante, elle, s'appelait Alice. Elle était mince avec des cheveux presque blonds, très fins, longs et indisciplinés. Comme elle. Curieuse jeune femme, mère de deux enfants encore en âge scolaire, qui ne refusait jamais de coucher avec moi. Coucher était un bien grand mot parce que je la prenais comme c'était possible et pas toujours dans un lit.

La première fois, c'était arrivé comme ça, un peu bêtement quand on retournait maman sur son lit. Elle m'avait appelé à la rescousse et on avait ri d'être si empotés tous les deux. Ma mère était un poids mort et elle n'était pas maigre, malgré la maladie et l'âge. D'où la difficulté de la mouvoir si on ne faisait pas preuve d'expérience et d'anticipation.

Alice n'avait rien d'un déménageur. Elle s'était affalée sur la couverture à cause du tapis qui s'était dérobé sous ses pieds, la blouse remontant assez haut pour la dévoiler de manière impudique. Elle avait les jambes bien faites, des cuisses qui s'arrondissaient sans excès et des hanches qui s'évasaient légèrement à proximité du bassin. Ses deux maternités avaient remodelé son corps sans le déformer outre mesure comme celui d'autres femmes transformées en matrones aux contours adipeux. Une belle harmonie féminine. À mon point de vue, en tout cas !

Elle a vu mes yeux posés sur elle et une femme ne se trompe jamais sur le regard que lui porte un homme. Je l'ai tirée par le bras pour la relever et elle a souri d'une manière que je ne lui connaissais pas. Une fois la toilette de ma mère terminée, il n'a pas fallu grand-chose pour qu'on se retrouve dans les bras l'un de l'autre.

J'ai voulu qu'on soit nus, ce qu'elle ne souhaitait pourtant pas, de peur que le facteur nous surprenne bêtement, puis elle s'est rendue à mes exigences m'offrant un moment intense et violent dont je n'ai pas oublié une miette. S'il en reste aujourd'hui un souvenir très vivant, c'est peut-être parce que ce fut un moment fort de communion entre deux êtres. Chacun avait ses raisons d'accepter l'autre, mais il s'est passé quelque chose qui n'appartient qu'à nous. Et personne n'aura jamais le pouvoir d'effacer ça de nos mémoires.

Je n'ai jamais évoqué avec elle une quelconque explication à notre relation. Je n'ai jamais su si elle faisait ça pour le plaisir du fruit défendu, par compassion pour un homme seul ou par réaction contre un conjoint indifférent. Et je ne crois pas qu'elle aurait accepté qu'on en parle. C'était comme ça. C'était notre affaire à tous les deux. Quelque chose de fugitif le plus souvent, de très fort aussi. Et si tout cela a continué, c'est que chacun y trouvait son compte.

Pour en revenir à nos moutons, j'avais beau essayer de piéger mon voisin, je ne parvenais pas à le coincer. J'en suis arrivé à croire que le gars Arsène essayait de faire monter la pression. Comme tout cela me rendait parano, je n'étais pas loin de le penser vraiment.

Sauf que, bien sûr, les choses ont évolué.

Un matin, plutôt juste avant midi, Alice venait de repartir sur les chapeaux de roues puisque j'avais filé un sérieux coup de canif dans son emploi du temps. J'étais encore sur le souvenir tout chaud d'un moment de plaisir rapide peut-être mais bien réel, pour moi en tout cas, et je faisais quelques ablutions dans la salle de bains.

Au moment même où Alice était à califourchon sur moi, nue à part la jupe retroussée, j'avais cru entendre l'un de mes chiens aboyer. Je n'y avais pas prêté attention. Vous savez, j'étais si bien à mon affaire. Je n'allais pas courir au dehors pour voir ce qu'il avait à hurler. Surtout que cela arrivait parfois sans véritable raison.

Mais là, de la salle de bains, je l'ai entendu recommencer et insister. Comme si quelqu'un passait à proximité du chenil. J'ai donc écourté ma toilette et je suis descendu au rez-de-chaussée. Je ne suis pas allé dehors tout de suite. J'ai préféré attendre et regarder.

Tout est resté bien calme pendant un bon moment. Comme si le visiteur s'était tapi dans un coin, attendant le moment propice pour déguerpir. À moins qu'il n'eût pas terminé sa besogne… Je me suis demandé s'il était venu jusqu'à la fenêtre et s'il nous avait observés, Alice et moi. Je me souviens très bien avoir pensé que, si c'était bien mon voisin, comme je le supposais, c'était d'abord un prêté pour un rendu et que de nous voir ainsi pouvait le rassurer pleinement sur mes intentions vis-à-vis de sa femme. Si, sous la pluie de l'autre jour, il avait pu croire un instant que je m'intéressais à elle, il pouvait de ce fait penser qu'il s'était trompé puisque j'avais tout ce qu'il me fallait en main.

Mais le chien continuait sur le même registre. L'autre était donc encore là quelque part. J'ai scruté à nouveau le jardin. Bien m'en a pris parce que j'ai vu des branches de cyprès remuer franchement alors qu'il n'y avait pratiquement pas de vent.

J'aurais pu sortir une pétoire à la main et courser l'intrus. Je m'en suis bien gardé. De l'endroit où étaient plantés ces deux cyprès, il y avait un bon chemin à faire avant de rejoindre la clôture et, si c'était mon voisin, j'avais toutes les chances de lui couper la route en me pressant un peu. Curieusement, je n'ai pas choisi cette solution.

Je vais vous dire pourquoi j'ai attendu. Le jeu avait commencé. Je n'avais pas envie que la partie soit trop courte. Je souhaitais déjà des épisodes, des séquences, de la stratégie et du combat. Je crois que j'avais déjà admis que tout cela pouvait tourner au drame. Et je crois aussi que je m'en foutais complètement.

Cette femme, stoïque sous la pluie, indifférente sous la soumission, énigmatique et belle, s'était dressée entre nous. Elle était l'enjeu de la partie.

Enfin, je suis sorti. J'ai crié sur le chien pour bien indiquer que je me pointais sur les lieux. J'ai entendu des froissements de végétation. J'ai souri. Sans me presser, je suis allé jusqu'au chenil. J'ai caressé les deux chiens. Je voulais laisser le temps à l'autre d'enjamber le grillage et d'aller se mettre à l'abri.

Après tout, j'avais fait de même et je pensais qu'il le savait.

Nous avions une partition subtile que je pressentais dangereuse et violente, à jouer. J'avais donc envie qu'il me voie et qu'il sache, un peu comme les armées face à face sur le champ de bataille.

J'ai foncé vers le grillage. L'autre était juste arrivé au pignon de sa maison. Avant de s'escamoter, il s'est retourné brièvement. Et il m'a vu. Conforme à mes plans.

X

Alors je me suis dit que nous allions jouer.

Jouer à la guerre, comme nous le faisions étant jeunes. On traçait une grande terre sur le sol, en face de la mairie. On découpait le tout en parts égales d'un trait de branche de troène écorcée. Chacun choisissait son pays puis on se mettait autour du monde. On était des dieux.

Le jeu commençait par déterminer le premier belligérant. Un fois tiré au sort, il déclarait la guerre. L'agresseur faisait durer le suspense avant d'annoncer le nom de sa proie. Les plus prompts à réagir en posant le pied sur le pays adverse participaient à la curée et emportaient une part du gâteau et le vaincu se voyait dépecé sans vergogne. Ensuite venaient les tractations pour unifier les parcelles dans une sorte de remembrement géopolitique. Puis on repartait en campagne.

Les plus âgés se liguaient contre les jeunes et les faibles afin de les éliminer, puis les cadors se bouffaient entre eux pour voir qui allait posséder le monde. Comme aujourd'hui.

Ce qui était bien c'était qu'il n'y avait rien de définitif, que la partie suivante désignait un empereur tout aussi éphémère et que la nuit faisait fuir les conquérants vers des ablutions obligatoires et une soupe chaude devant laquelle le plus ambitieux des chefs de guerre n'ouvrait son clapet que pour accueillir le breuvage aux légumes. Les jeunes stratèges obéissaient au régent.

Dans notre cas, le jeu risquait d'être plus dangereux, si les passions s'exacerbaient. Certes, j'avais eu tort d'aller fureter chez eux, mais ce n'était que dans le but de protéger la femme de violences conjugales. Si lui se mettait à venir m'épier derrière ma fenêtre, il franchissait un pas que je jugeais inacceptable. Il bousculait mon intimité, il attentait à ma vie d'homme et me mettait en demeure de le sanctionner. Légitimement. Je n'hésitais pas à en faire des tonnes pour justifier mes écarts.

Et s'il m'avait vu en si jolie posture avec Alice, il pouvait nous faire du mal. Moindre en ce qui me concernait puisque j'étais sans autre famille que ma mère et que je n'en avais rien à foutre de la rumeur publique.

Pour Alice, c'était différent. On pouvait passer d'un moment d'égarement à un drame conjugal lourd de conséquences. Quelque part, il y avait un homme et deux enfants qui n'imaginaient probablement rien de tout ça. Et je ne leur voulais aucun mal.

L'autre n'oserait pas. Je m'en suis persuadé tout de suite. Il n'était qu'un imbécile juste capable de frapper une femme. Il n'irait pas plus loin. Peut-être même qu'il n'avait pas eu le courage de s'approcher trop près de la maison. C'était ça, oui. Il était resté à distance comme un couard de première qu'il était et il avait pu s'enfuir grâce à mon bon vouloir. Si j'avais décidé de lui couper la route, c'était chose facile.

J'ai imaginé la tronche qu'il aurait faite s'il m'avait trouvé à l'attendre au ras du grillage, puis je me suis dit que cette même situation, j'aurais pu la vivre s'il était rentré plus tôt chez lui. J'ai donc choisi d'évacuer ce scénario qui ne me donnait pas le beau rôle.

Une chose était sûre. Il était venu chez moi.

Je ne pouvais pas le laisser s'approprier mon herbe sans bouger. Il me fallait réagir. Un, pour l'empêcher de flâner dans le parc sans obstacles. Deux, pour lui indiquer que j'étais au courant de son manège. Trois, pour lui montrer qui menait la danse !

J'ai donc examiné soigneusement les lieux. Je suis reparti du grillage et j'ai fait le chemin inverse vers ma maison. En scrutant le sol et en caressant les branches des arbres, j'ai pu décrire le parcours que l'intrus avait fait pour jouer au voyeur à mes dépens.

À côté du grillage démarrait un sentier qu'empruntait ma mère quand elle avait encore des poules. Un temps, il longeait la clôture puis il passait entre deux pruniers sauvages et remontait vers le nord où elle avait sa réserve de grain avant de revenir vers la cour.

Manifestement, le visiteur était venu par là. J'ai donc décidé de lui préparer des surprises pour la prochaine fois. J'ai fourgonné dans la remise. J'ai trouvé un bac assez large dans lequel j'ai versé des restants de peinture. Ma mère ne se défaisait jamais des pots entamés. Elle les alignait sur une étagère et elle n'y touchait plus. C'était l'occasion de leur trouver une utilité. J'ai délayé le tout avec une bonne dose de white spirit afin d'en faire une pâte onctueuse et j'ai caché le tout à proximité du grillage.

Ensuite, j'ai pris une vieille brouette et je l'ai positionnée entre les deux pruniers, légèrement de travers pour corser la rencontre éventuelle avec un homme en mouvement. Je l'imaginais déjà s'embouquer dans les bras de l'engin inerte s'animant d'un coup comme un battant dans une cloche.

À l'entrée de la cour, j'ai placé un fil de fer à hauteur d'homme, à la troisième marche de l'escalier de pierre. J'ai jugé de la perspective et j'ai constaté avec plaisir que le fil se distinguait mal du grillage entourant l'enclos situé juste derrière.

Sur le parcours supposé de la fuite, j'ai juste mis de la graisse de moteur sur des plaques en carton rigide maculées de terre et d'herbe, histoire de semer d'embûches une course éperdue vers la clôture salvatrice.

Je me suis bidonné en faisant ça à la manière d'un potache incorrigible. Je n'avais pour motivation que de donner une leçon au visiteur du matin et je voulais faire preuve d'intelligence devant un adversaire que j'avais beau croire plus faible que moi mais que je craignais sans me l'avouer.

Je crois aussi que le problème de sa femme était

déjà passé au second rang. Je rêvais d'en découdre comme un coq de combat. Je souhaitais l'humilier pour me donner le beau rôle. J'étais confusément jaloux de son intimité avec elle. En témoignait cette tache sur le drap du lit. J'étais jaloux aussi de son pouvoir sur elle au point de l'étendre sur le ciment froid du garage et de la posséder sans qu'elle bronche. Je n'arrivais pas à oublier ces beaux yeux noirs qui me regardaient sans rien demander comme si, de toute façon, elle savait que je n'avais aucune chance de l'emporter.

Cette idée de l'échec annoncé ne pouvait que me donner envie de chercher l'affrontement. Histoire de voir qui aurait eu raison au final.

À la nuit, j'ai placé le bac de peinture au ras du mur de béton.

XI

Ce matin-là, quand Alice s'est pointée, je n'avais pas forcément envie d'elle. Non que sa petite blouse judicieusement échancrée ne me chauffât pas le ventre car elle était résolument mignonne dans son rôle de femme-enfant. J'avais en tête bien autre chose que le désir d'un éphémère plaisir. Mais je n'allais pas non plus le bouder. Les hommes sont ainsi.

J'imaginais déjà que l'autre, à l'affût du passage quotidien, avait entendu la voiture de l'aide-soignante ronfler à l'entrée de la cour. Je le voyais traverser son jardin, grimper au poteau de la clôture et basculer chez moi. Je supposais qu'il allait avoir dans ses yeux cette lueur de triomphe en espérant me salir de son regard voleur. Peinture et brouette allaient le surprendre. J'en attendais beaucoup.

Alice était en grande forme et j'en étais plutôt content. Parfois, elle était agaçante avec ses reproches et ses faux-fuyants et elle savait m'exaspérer parce que je n'avais aucune certitude qu'elle accepte de se rendre enfin. Je crois aussi qu'elle aimait alors jouer cette partition de femme pressée, préoccupée par autre chose dc plus important que le sexe. De plus moral aussi évidemment, de manière à me donner la mauvaise place.

Je n'oubliais pas non plus qu'elle n'était pas seule dans la vie et que ses écarts, même s'ils étaient mesurés et habillés d'altruisme militant, n'en étaient pas moins des coups de serpe donnés dans sa vie conjugale.

Certes, elle avait du travail, un travail pas facile fait de rapidité et d'expérience, de tact aussi envers les personnes dont elle venait palper le corps à domicile. La peau, c'était son fonds de commerce. J'étais bien placé pour le savoir. Ce n'était pourtant pas une marchandise. Elle devait aussi subir les frasques des patientes. Acariâtres, revêches, désorientées, gentilles ou silencieuses faisaient partie du lot quotidien. En prime, elle avait l'entourage : les filles exigeantes, les conjoints fatigués et la cohorte des neveux et nièces attendant le dernier soupir avec impatience. Parfois aussi, elle ne me le disait pas, elle devait peut-être subir les avances de l'un ou de l'autre et les refuser sans froisser pour préserver la quiétude du lendemain.

Avec moi, elle avait cédé. Plutôt conclu un pacte d'ailleurs, puisque nous en restions à des gestes simples n'entraînant pas forcément une grande dépendance. Et puis je ne l'avais pas forcée. C'était arrivé comme ça, d'un commun accord.

Elle ne m'en avait rien dit. Mais j'aurais voulu savoir pourquoi. Réaction d'homme.

Elle est entrée dans la cuisine avec un grand sourire.

Elle m'a embrassé, ce qu'elle ne faisait jamais en dehors de nos ébats. Elle a plissé les lèvres. Elle a dit :

— Vous avez un goût de cerise dans la bouche.

On avait conservé le vouvoiement pour les conversations courantes. Enfin, elle.

Elle a laissé un blanc avant d'ajouter :

— Et j'aime ça.

— C'est la confiture ! ai-je expliqué.

— C'est comme un air de printemps avant l'heure !

Tout de suite, elle s'est mise à l'œuvre. Elle a renoué ses cheveux blonds pour éviter qu'ils ne lui tombent sur le visage quand elle allait se pencher vers maman. Elle a préparé ses produits d'hygiène, enfilé ses gants de latex avec ce sempiternel sourire en coin accompagnant le geste et réclamé une bassine d'eau chaude.

— Tiède, hein ! Pas comme hier. C'était trop chaud pour moi. Alors pour votre mère !

— Je vais faire attention.

Elle m'a regardé, scruté même, je m'en souviens très bien. Elle m'a questionné :

— Vous avez mal dormi ? Quelque chose vous préoccupe ?

— Non, rien, ai-je dit sans conviction.

— Aujourd'hui, je ne suis pas pressée.

Elle m'avait dit ça comme un cadeau. J'ai hésité avant de le prendre comme tel, puis je me suis dit qu'un peu de durée attacherait davantage mon voisin à la vision qu'on allait lui donner d'un couple en train de faire l'amour.

Juste assez pour l'affaiblir au retour. Les plaques de graisse en seraient plus efficaces.

— J'ai besoin d'un peu d'eau encore ! a crié Alice de la chambre.

Je me suis exécuté avec empressement. Le temps de faire couler l'eau dans la bassine, j'ai jeté un coup d'œil dehors pour voir si le spectateur avait choisi sa place. Je n'ai rien remarqué.

J'ai apporté la bassine d'eau chaude en évitant de regarder le corps de ma mère en mauvaise posture. J'évitais ces images volées. Je les fuyais même comme la peste.

Je suis retourné dans la cuisine et j'ai chauffé un café. J'ai tartiné une biscotte de confiture de cerise et je l'ai posée sur la soucoupe. J'ai ouvert le journal en attendant.

Alice est sortie de la chambre. Sur le seuil, elle s'est tournée vers l'intérieur de la chambre. Elle a agité la main vers ma mère que je ne voyais pas et, d'une voix presque enfantine, elle a récité :

— Dis au revoir à Alice !

Je lui avais pourtant dit de ne pas la tutoyer.

Voyant probablement le regard de ma mère s'illuminer, elle a conclu :

— C'est bien ! À demain !

Elle est allée dans la salle de bains et elle s'est soigneusement lavé les mains puis les bras jusqu'aux coudes. Je l'ai regardée faire puisqu'elle laissait toujours la porte ouverte. Idem quand elle faisait pipi.

Elle est revenue vers moi. Elle a découvert la tartine posée en évidence. Son visage s'est éclairé. Elle a demandé :

— C'est pour moi ?

J'ai acquiescé. Elle a dit :

— C'est gentil. À mon tour d'avoir un goût de cerise sur la langue.

Elle a croqué la biscotte et bu son café.

Je l'ai précédée sur le canapé. Elle s'est approchée en enlevant sa blouse. Elle m'a embrassé pendant que je me plaçais sous elle. C'est vrai que ce goût de cerise…

XII

Alice, je l'ai contemplée de dos quand elle a enfilé sa culotte. J'adorais l'image qu'elle me donnait à ce moment-là d'une femme penchée, un pied quittant le sol pour passer dans le trou du sous-vêtement et le tissu montant lentement comme une impossible caresse sur ses hanches légèrement évasées.

Il y avait dans ce geste anodin la beauté d'un corps de femme qui venait de se donner sans fard et, dans mes yeux posés sur elle, une reconnaissance sans faille pour un moment qu'elle m'avait offert avec simplicité.

On ne dit pas assez la qualité de ces minutes d'après. Tout y est pour peu qu'on sache regarder et qu'on ait envie de comprendre. Aujourd'hui, tout ça a pris une autre ampleur dans mon souvenir et je ne vous dis pas le mal que ça me fait au ventre quand je pense au sien.

Une fois prête, elle est revenue vers moi très directement. C'était son genre de ne pas s'embarrasser de fioritures. Elle m'a embrassé en guise d'au revoir un peu à la manière d'une femme qui sort faire deux ou trois courses, vous voyez ? Rien d'un adieu déchirant ou d'une rupture consommée. Non, une touche simple pour un couple qui se sépare juste un moment.

Je l'ai accompagnée sur le seuil, ce que je ne faisais jamais. D'ailleurs, elle ne m'en laissait pas le temps. Après avoir fait notre petite affaire, elle remballait le tout et filait à l'anglaise souvent sans un mot ni un geste d'affection. Un peu comme si le moment qu'on passait ensemble faisait partie de son protocole de soins. C'était sa façon d'être et je ne lui en voulais pas. Mais je me trompais. J'ai compris depuis qu'elle ne traitait pas nos relations fugaces comme quantité négligeable.

Non, si je l'ai accompagnée ce jour-là, c'était pour une bonne raison. Je voulais être en mesure de saisir le mouvement d'un feuillage ou un bruit inattendu m'indiquant qu'on nous avait bien observés. Notre sortie brutale pouvait provoquer ce type de réaction. J'en ai été pour mes frais. La cour et son environnement étaient calmes. Trop calmes.

Alice n'est pas restée rêvasser sur le seuil comme le faisait le facteur remplaçant qui m'agaçait à me tenir la jambe. Elle avait du temps à rattraper pour satisfaire ses clientes. Elle m'avait fait cadeau de minutes qu'elle allait devoir rogner sur les actes suivants afin de respecter son emploi du temps.

Surtout qu'avec ma parano habituelle, je me suis demandé si elle n'avait pas fait exprès de prolonger l'étreinte afin de donner tout le temps au visiteur inconnu de se goinfrer de nos ébats.

Comme si elle était de mèche avec lui. À bien y regarder, le ver était déjà dans le fruit. Je ne pouvais pas imaginer où tout cela allait me conduire. J'en étais à ne faire confiance à personne, à ne croire en rien d'autre que ce que j'avais en tête et à maudire mon prochain. La guerre était déclarée, et même si le jeu restait la règle, je savais fort bien que le drame se profilait déjà.

J'ai couru vers l'enclos des poules. J'ai remarqué des traces de chute à l'endroit où j'avais placé les plaques enduites de graisse. L'herbe était écrasée comme si un corps s'était vautré dedans en insistant copieusement. On y voyait des traînées de reptation peu glorieuses.

J'ai suivi le chemin en direction du mur. Je l'ai longé d'un pas alerte. À l'extrémité, j'ai constaté que le bac rempli de peintures diverses n'était plus là. J'ai vu dans l'herbe et sur les graviers des plaques de couleur ressemblant à des empreintes floues. Le piège avait correctement fonctionné.

J'ai examiné le grillage et le bord du mur pensant y trouver les traces de peinture laissées par des chaussures maculées d'un produit visqueux et frais. Je n'ai rien vu de semblable, ce qui m'a intrigué. À sa place, je me serais dépêché de disparaître. J'en ai donc déduit que le visiteur n'avait pas encore eu le temps de s'enfuir. Et qu'il était donc quelque part dans la place. Les traces sur l'herbe l'indiquaient.

En espérant le coincer, le prendre au piège et l'humilier, j'ai pris la direction des deux pruniers. J'ai tout de suite vu que la brouette n'était plus là non plus. J'ai continué vers la cour en pressant le pas. L'heure n'était plus à la rigolade. Le temps ne lui avait pas manqué. Il s'armait de vengeance. J'en arrivais à penser qu'il en avait profité pour monter d'un cran dans la guéguerre.

J'ai eu peur pour maman.

Et je me suis pris le torse dans le fil de fer que j'avais placé pour piéger l'importun. Celui-ci avait joué d'intelligence parce qu'il avait attaché le câble à l'auget plein de peinture et c'est donc moi-même qui aie renversé le patchwork de couleurs sur le pare-brise et le capot de ma propre voiture.

Vous savez, dans ces moments-là, il y a souvent un immense découragement qui monte, doublé d'une envie de meurtre. J'ai pesté contre mon empressement que l'autre avait très bien su évaluer. En me branchant un peu, il avait réussi à me faire perdre mon sang-froid et il m'avait conduit à jouer à l'arroseur arrosé.

Je l'ai entendu courir vers le grillage. Il filait en droite ligne sans jouer la discrétion. Il n'avait plus le temps de finasser et ce n'était absolument pas nécessaire, le mal étant fait.

Quand je suis arrivé à la clôture sans me presser le moins du monde, j'ai vu les balafres de peinture sur la pierre et le grillage. Elles ne m'apprenaient rien. Je m'en doutais déjà. Ce qui me faisait enrager c'était qu'il devait être là, chez lui, à l'affût, à jouir de ma déception et de ma colère. De mon échec. Je supposais qu'il jubilait de me voir ainsi et j'admettais qu'il avait gagné la partie ou tout au moins qu'il avait su retourner la situation à son avantage.

Je pestais contre l'aveuglement qui m'avait conduit à oublier que j'avais tendu un fil de fer au-dessus de l'escalier en pierre. En me ruant vers la cour, j'avais précipité les choses, aspergé ma voiture de peinture, bosselé la carrosserie par la chute du récipient et rendu ridicule mes blagues de potache.

Le clou du spectacle restait à venir et je ne m'en doutais pas. Je suis revenu vers la cour, un poil abattu. J'ai voulu faire le tour de ma voiture pour évaluer les dégâts. Forcément, je regardais à hauteur d'homme puisque les grosses coulures partaient du haut du pare-brise.

L'autre avait placé la brouette bien parallèle à la carrosserie et un peu en retrait de l'aile gauche, les bras vers l'avant. Ce qui fait que je me suis enquillé dedans comme dans un cul-de-sac et que je me suis affalé dessus comme un pantin. La brouette a basculé sous mon poids et je me suis vautré sur le gravier de la cour. Dans la flaque de peinture. Évidemment.

XIII

Le pantalon et le pull étaient inutilisables. La peinture fraîche s'était insinuée dans les fibres de telle manière que tenter un sauvetage aurait été illusoire. Je n'étais pas rendu au point de ne pouvoir me séparer de ces frusques.

Des vêtements, j'en avais plein les placards, comme c'est souvent dans les maisons. On entasse des fringues parce qu'elles nous ont plu sur le moment. Le prix, la couleur, n'importe quoi. Un coup de cœur parfois ou une hypothétique nécessité. On revient assez fier de l'achat. On en fait étalage avant de passer à autre chose. Puis on retourne à ses vieilles amours en enfilant le lendemain ce qu'on portait la veille. Un peu comme la vaisselle de maman que j'avais décidé d'utiliser, voire même d'éradiquer du buffet.

J'ai donc fourré tout ça dans un sac-poubelle en évitant de m'en coller partout. C'est vrai que j'avais fait fort sur la dose et que cette pâte avait quelque chose d'immonde en elle. Probablement que le mélange que j'avais fait des restes de peinture n'avait pas été très heureux. Quelque part, le magma me le reprochait.

J'ai décidé de descendre sans délai vers la place pour me défaire de ce paquet encombrant. C'était plus sage pour éviter de tartiner d'autres objets de cette couleur indéfinissable née d'un mélange impossible.

Je me connais bien. J'étais très maladroit à cette époque. Je ne sais pas ce qu'il en est aujourd'hui puisque je n'ai plus la même faculté de le vérifier chaque jour. Mais j'étais du genre à bousculer les seaux, à casser les assiettes et à renverser les marmites. Même si, en Afrique, j'avais appris à me tenir puis à me servir d'une arme et à mettre le plomb dans la cible. Y compris celles qui bougeaient.

Après tout, mon voisin m'avait rendu la monnaie de ma pièce. Il avait certainement compris que je m'étais introduit chez lui. Quelqu'un peut-être m'avait vu.

Sa femme m'avait vu. Mon regard impudique s'était posé sur ses cuisses écartelées par l'homme en action. J'avais dans les yeux cette vision si particulière d'une jambe pliée, la cuisse partiellement masquée par un mollet tendu, et prolongée d'une fesse écrasée sur le ciment. D'un genou anguleux, érigé en sommet. Et sur la gauche, cette incroyable image, tronquée de la création du monde. Mais si belle…

Non, elle n'avait pas pu lui dire qu'elle m'avait vu errer chez eux, porter un regard concupiscent sur leurs fornications et me repaître de leur plaisir sans me sentir souillé par mon attitude indigne.

J'avais regardé comme un reportage ce qu'il m'avait

été donné de voir. J'avais senti cette femme forcée, humiliée puis honteuse du spectacle qu'elle m'offrait malgré elle. Je la voyais mal confier à son mari que ses estocades avaient été jugées par un spectateur silencieux.

Il avait simplement compris que j'avais mis le pied chez eux. À quel point, je n'aurais pas su le dire à ce moment-là. Du coup, il avait voulu me rendre la pareille. Si je n'avais pas eu l'idée de gêner sa progression, rien d'autre ne se serait passé. Il aurait joué au voyeur et s'en serait allé sans même que j'arrive à prouver qu'il m'avait rendu visite.

Justement pour éviter ça, j'avais posé quelques jalons. La peinture, la brouette et les plaques graisseuses l'avaient contraint à se venger et il avait monté un stratagème pour me jouer un vilain tour. Mes vêtements en avaient pris un coup, la voiture aussi. Mais quoi, il n'y avait pas mort d'homme ! Simplement des histoires de mesquineries agricoles ne portant guère à conséquence. Sauf que j'imaginais qu'il avait pu me voir forniquer avec Alice. C'était un atout pour lui. Il pouvait attendre de s'en servir au bon moment.

Pour moi, il n'y avait rien d'autre qu'un homme faisant l'amour à une femme. Deux êtres prenant du plaisir ensemble, quoi de plus normal.

Ce qui l'était moins, c'était que la dame était mariée, qu'elle avait des enfants, et que je voyais mal son gentil mari admettre que les visites à domicile de son épouse ne s'arrêtaient pas à toiletter les petites vieilles séniles et incontinentes. Mais que la séance s'accompagnait d'une partie de jambes en l'air avec le mâle du lieu.

J'ai rejoint la place en descendant par une sorte de sentier serpentant entre les propriétés. Il avait dû servir au temps où le quartier était plus désert. Je l'empruntais de temps en temps, surtout pour remonter chez moi. Il m'évitait de faire un grand tour et de tomber immanquablement sur les bavardes du hameau. D'autres fois, je savais fort bien m'en rapprocher pour distiller quelque venin tout chaud ou pour profiter de leur grande connaissance pour en savoir davantage que le dictionnaire des turpitudes humaines.

En approchant des poubelles à roulettes, j'ai aperçu une des gardiennes du temple qui flânait avec ses deux molosses.

À la mort de son mari, confit au rhum agricole, elle s'était amourachée de ces deux bestioles énormes bavant sans arrêt.

Elles n'étaient pas méchantes. Seulement encombrantes, indisciplinées et dangereuses du fait même de leur gabarit. D'ailleurs, elles sont venues vers moi d'un pas nonchalant, tirant des bords comme les crabes à la recherche d'un rocher pour se mettre à l'abri, puis elles se sont arrêtées à mes pieds en attendant que leur maîtresse oscillant comme un métronome arrive à les rejoindre.

Elle a tout de suite vu le sac-poubelle maculé de taches blanchâtres que je tenais à la main.

— Tout le monde fait de la peinture dans le quartier ! m'a-t-elle balancé d'un air espiègle.

— Ce sont des vieux pots que je voulais jeter !

— Y en a un qui s'est ouvert alors !

— Pourquoi tu m'dis ça ?

— Vu qu'il y a des coulures sur le sac !

J'ai regardé le plastique noir. J'ai fait l'innocent.

— Tu as raison. Y a des marques.

— Ta voisine a eu les mêmes ennuis.

— Elle a des ennuis ? ai-je insisté.

— Avec la peinture ! Elle vient de passer avec un sac comme ça. Y en avait partout. Même les bottes de son mari ont pris. Elle les a jetées après le sac. De belles bottes en caoutchouc c'était.

— Elle t'a dit qu'elle était à peindre ?

— Avec ses escarpins et sa jupe droite, ça m'étonnerait !

— Son mari alors ?

— Elle ne m'a pas dit. Elle s'est débarrassée du tout.

Elle a temporisé.

— Comme tu vas faire, toi ! Pareil !

Du coup, j'ai soulevé le couvercle de la poubelle. J'ai vu un grand plastique zébré de traits de peinture et une paire de demi-bottes apparemment neuves, souillées à l'extérieur comme à l'intérieur.

La voisine ne perdait pas une miette de mon manège.

— Tu vois ! C'est comme j'ai dit !

Elle a hélé ses chiens.

D'un air sentencieux, elle a dit :

— C'est pas un temps pour faire la peinture. C'est tout.

Elle a secoué sa tête de héron cendré. En me regardant, elle a ajouté :

— Non, non. Trop humide !

Et elle est partie, ses chiens la suivant tête basse et babines gluantes.

XIV

Alice est arrivée à l'heure. Pile.

— Vous m'avez bousillé ma matinée hier, vous savez !

J'en suis resté baba. Certes, on en avait profité un peu plus longtemps, mais je n'étais pas seul en cause. Elle était dans mes bras. Je ne me souvenais pas de l'avoir entendue dire qu'il fallait conclure au plus vite parce que madame avait d'autres rencards à assurer.

D'ailleurs, je me demandais parfois si, sur sa route d'aide-soignante régulière, elle n'avait pas un ou deux hommes comme moi à satisfaire de temps en temps par un quart d'heure d'amour volé au mari légitime.

Elle aurait bien pu sortir de chez moi pour aller plus loin enlever sa petite culotte devant un autre mâle disponible et discret, peut-être plus tendre, voire plus généreux. Au propre comme au figuré. Cette éventualité m'était tout simplement insupportable. En effet, rien ne me disait que j'étais le seul à profiter de ses largesses de femme un peu chaude. Et qui étais-je pour la contraindre à n'avoir que moi comme écart dans sa vie ?

Elle a insisté :

— J'ai perdu du temps sur ma tournée à cause de vous ! Chez madame De, il était plus que temps que j'arrive. Elle avait déchiré sa couche parce qu'elle se sentait mouillée. On a frôlé l'accident. Je l'ai mise au montauban juste à temps pour la grosse commission.

J'ai tenté de protester :

— Ce n'est quand même pas de ma faute…

— Je vous dis que si. Vous m'avez embrouillée avec votre confiture de cerise et…

— Tu t'es laissée partir en douceur. Tu ne vas quand même pas regretter ça !

Elle m'a regardé étrangement. Comme si elle réfléchissait tout haut, elle a dit :

— Je me demande si je fais bien de coucher avec vous.

— Ben, moi…

— Vous, forcément ! Vous êtes comme tous les hommes. Pourvu qu'on soit d'accord d'y passer, ça marche à tous les coups.

— Dis tout de suite que tu n'es pas bien avec moi.

— Si, mais… mais j'ai un mari et deux enfants ! Et des fois, ça me fait mal.

Elle a déballé ses outils d'aide-soignante et elle a changé de sujet.

— Votre maman a passé une bonne nuit ?

— Tu sais, avec ce que je lui donne…

— Vous ne devriez pas. Si elle faisait un malaise, elle ne se réveillerait plus jamais. Vous en seriez responsable.

— Responsable de quoi ? De la délivrance d'une vieille femme malade ?

— Elle est encore bien vivante. Elle réagit bien aux injonctions que je lui donne. Je la sens encore active lors des massages que je lui fais. Elle n'est pas encore moribonde.

— Je sais tout ça. Elle se motive quand tu es là. Je sais aussi qu'elle est au bout du rouleau, que la machine est usée et que son capital temps est épuisé.

Elle a balayé tout ça d'un coup.

— Pour l'instant, elle est encore là ! Allez me chercher de l'eau tiède et vite ! Je ne peux pas prendre du retard tous les jours. J'ai un planning à respecter !

Elle a disparu dans la chambre. Je l'ai entendue parler avec ma mère avec sa voix douce et persuasive. Quand j'ai apporté la bassine, j'ai vu qu'elle avait retroussé ses manches. Le duvet de son avant-bras droit prenait très bien la lumière de la lampe de chevet. J'avais envie d'elle.

Je suis retourné dans la cuisine comme il était de règle entre nous et je l'ai attendue en feuilletant le journal. Le café chaud attendait, lui aussi. Lui comme moi, on attendait que les lèvres d'Alice nous touchent.

Elle n'a pas tardé. Peut-être que son retard de la veille lui avait causé du souci. Elle n'avait pas envie de se répéter. Ce qui, a priori, n'était pas très bon pour moi, car je restais gourmand de son corps. Davantage encore, depuis que je savais l'autre à l'affût derrière le feuillage.

C'est vrai. Je ressentais une véritable fierté de serrer Alice dans mes bras, surtout si nous nous donnions en spectacle. Il y avait là quelque chose de diablement érotique que j'évaluais bien.

En une nuit, j'avais évolué sur mon sentiment envers lui. La veille, je m'étais senti bafoué dans mon intimité et j'avais craint pour Alice. Disons que j'étais resté sur une réaction à chaud avant de passer sur le champ du jeu, de la joute, voire de l'affrontement. Si je souhaitais en découdre avec mon voisin, il fallait lui donner à voir et à jalouser. Encore et encore jusqu'à la rupture. C'était ainsi que je concevais mon action. Si je devais faire quelque chose pour sa femme, ou avec, c'était à ce prix.

D'un autre côté, je comprenais le spectateur discret. Il ne faisait pas autre chose que moi à d'autres moments et, s'il se repaissait de ces instants volés, je ne pouvais guère le lui reprocher. Je les avais bien regardés, moi, allongés sur le ciment froid du garage, forniquant à qui mieux mieux.

Probablement que ce qui clochait dans tout ça, c'était que le voyeur c'était lui. J'aurais secrètement préféré que ce fût elle.

Pour en vouloir à mon voisin, je me plaçais davantage sur la notion de propriété et surtout, surtout, je craignais la publicité. Pour Alice. Dans le fond, elle n'avait rien à voir avec ce qui se tramait tranquillement. Elle faisait partie de la pièce, comme figurante simplement. Les femmes s'effaceraient naturellement au moment précis où les gladiateurs entreraient dans l'arène.

Vous voyez à quel point où j'en étais rendu ! Obnubilé par l'affrontement. Aveuglé par des motifs sans fondement. Belligérant dans l'âme. Depuis tout ça, j'ai eu le temps de réfléchir. Je me suis dit que j'avais des choses à régler avec moi-même et que toute cette histoire n'était qu'un prétexte.

Mais pour l'heure, j'en étais à contempler Alice qui buvait son café par petites gorgées rapides. À voir son comportement pressé, je me disais que mes chances étaient faibles de partager un joli quart d'heure avec elle et que, si elle ne semblait pas prête à me l'offrir, je n'insisterais pas de peur de la braquer pour les jours suivants.

J'ai donc été surpris qu'elle fasse le premier pas. Et heureux.

XV

Je l'ai regardée manœuvrer et s'en aller en faisant ronfler son moteur pour me faire enrager. Quand elle est passée devant moi, elle a juste fait un petit signe de la main sans me regarder. Elle semblait s'amuser de tout ça et je ne pouvais pas le lui reprocher. Nous avions des rapports curieux, toujours inattendus, jamais conventionnels. À découvrir des choses nouvelles à chaque rencontre. À se repousser parfois pour mieux se retrouver. Un accord sexuel assez réussi qui, aujourd'hui, me donne des frissons incroyables au bas des reins, quand j'y pense. Elle me donnait du plaisir en prenant le sien. Il n'y a rien à redire à ça. Ni à juger. Elle vivait sa vie de femme. Elle en profitait à son rythme et à sa façon. Moi aussi.

J'ai inspecté le jardin jusqu'au grillage pour voir si l'intrus avait réitéré. Je n'ai rien décelé d'une présence récente. J'ai poussé le bouchon jusqu'à aller me placer derrière arbres et arbustes. C'est très facile de constater que quelqu'un a fait le pied de grue à l'affût. Il y a des herbes écrasées, des brindilles à la cassure franche et fraîche. Il y a des mottes retournées parce qu'une chaussure a buté dedans. Un individu qui se cache comme ça, il piétine à force. Il se déplace de quelques dizaines de centimètres puis il revient et recommence. Il finit par délimiter une sorte de zone qu'il s'est appropriée durant un moment. En passant vite, on ne voit pas ces choses-là. C'est quand on les cherche vraiment qu'on les trouve.

Mais je n'ai rien identifié ce jour-là. Je crois bien que j'en ai été déçu. Comme si je m'étais imaginé que nous allions jouer notre partition chaque jour. Moi, me glissant chez eux en leur absence pour saisir des pans de vie accrochés aux objets, et lui, jouissant de me voir avec Alice, imbriqués pour le meilleur sur le canapé. Restait à savoir ce que nous attendions, lui et moi.

En dehors de ce petit jeu sournois que nous avions instauré entre voisins, j'avais du travail. Les plantations, arbres et arbustes, avaient besoin d'entretien. La pelouse poussait. Les mauvaises herbes aussi. Allègrement.

J'ai donc décidé d'installer un chantier à l'ouest de la propriété afin de m'éloigner le plus possible de mon effroyable voisin. Il y avait là une haie envahie de ronces que j'avais décidé d'arracher complètement avant de la remplacer par des arbustes à fleurs.

Les ronces avaient proliféré pendant mon absence. Ma mère n'y avait pas prêté attention et Arsène n'avait pas pipé mot sur l'état de cette haie, soit pour ne pas risquer un surcroît de travail harassant, soit pour se réserver de l'activité pour plus tard.

Je le connaissais bien, le garcier. Fourbe comme ce n'était pas possible et roué à toutes les combines pour engranger un peu de monnaie et écluser quelques chopines. Je me demandais quel usage il ferait de son magot. Il était sans enfant, sans famille, avare comme pas un, solitaire en diable et porté sur les adolescentes.

Dans le village, on laissait entendre qu'il coursait les jeunettes dans les chemins creux pour leur proposer ses services. Il avait tellement envie de faire leur éducation à ces jeunes filles innocentes ! On racontait des histoires sur son compte, probablement plus qu'il ne s'en était réellement passé. Mais on ne prête qu'aux riches, c'est bien connu. Et on glosait sur ses capacités, comme si c'était le croque-mitaine de la commune.

Son attitude prêtait le flanc aux racontars, il est vrai. À la belle saison, s'il vous arrivait de vous promener dans les champs et les bois, il n'était pas rare de le rencontrer au détour d'un chemin. S'il vous voyait venir, il faisait mine d'avoir plus à faire que de vous parler et il disparaissait dans les taillis à la manière d'un passe-muraille.

Plus loin, vous entendiez des voix et des rires et vous tombiez sur deux ou trois jeunes filles légèrement vêtues en train de batifoler dans l'herbe. Comme par hasard. Il n'est jamais rien arrivé de mal. Officiellement. Il n'y a eu que des rumeurs à courir sous le manteau. Avec détails aussi croustillants qu'imagés afin d'accrocher les esprits. Et, parmi celles et ceux qui savaient en parler comme de faits avérés, il y avait celles qui auraient bien voulu et ceux qui l'auraient remplacé au pied levé.

Une fois devant la haie, scélérate parce que ses épines n'épargnaient rien, j'ai évalué l'ampleur du chantier. Il y avait bien une quinzaine de pieds d'escalonias. Du genre adulte hein, pas des plantations jeunes et faciles à éradiquer. Les plants dataient de plusieurs années. Ils avaient été régulièrement taillés pendant une époque avant d'être franchement délaissés. À mi-hauteur, ils avaient fait du bois, comme on dit, et les ronces s'étaient installées dans ce milieu propice.

Je suis passé du côté de la route communale pour commencer à couper au ras du fossé. J'avais l'intention de bien dégager les pieds avant de piocher tout autour pour les arracher en force. C'est à ce moment-là qu'est arrivée la fille de la mère Vals.

Dans ma jeunesse, on appelait sa mère ainsi parce qu'elle affectionnait la Valstar, une bière de table qui voisinait sans rougir avec le 12° Grappe Fleurie des établissements Guével de Pleyber-Christ. La bouteille d'un litre trônait toujours sur sa table de cuisine quand on lui rendait visite. Sa maison, c'était justement celle que les voisins avaient achetée et transformée au point de la rendre méconnaissable.

C'est vrai, lors de ma visite discrète, je ne m'étais guère retrouvé dans ces pièces toutes neuves. L'ancienne bâtisse avait été modifiée de fond en comble, agrandie, rehaussée. Et mes souvenirs dataient un peu.

Je me souvenais d'une pièce assez claire donnant sur un bout de jardin où picoraient des poules blanches. Il y avait une toile cirée avec d'énormes fleurs jaunes. Un chat tout aussi énorme qui dormait toujours sur la table à côté du journal. À côté aussi de la fameuse bouteille de bière qui se vidait inexorablement. Elle était aussitôt remplacée par une autre. Il y avait de la ressource. Le garçon livreur de l'épicerie du bourg venait chaque semaine renouveler le stock. La caisse en bois de douze trous ne quittait pas la cuisine.

La fille était une souillon de première qui mangeait ses crottes de nez comme si c'était un plat de choix. À cette époque-là, elle portait souvent un sarrau gris toujours maculé de taches de gras. Dessous, elle ne portait rien. Si bien qu'on en profitait pour se rincer l'œil dès qu'elle se baissait. On s'ingéniait même à la mettre en situation pour en prendre plein les mirettes. Je la soupçonne d'avoir pris du plaisir à jouer le jeu.

Je me souviens qu'elle avait la peau très blanche sur les cuisses et qu'elle avait de grandes chaussettes tricotées qui lui remontaient au-dessus du genou. Plus haut, elle avait un buisson noir qui croissait sans retenue. Plus haut encore, elle avait des seins assez lourds qui s'animaient très librement.

Les journaliers qui passaient dans le coin la couchaient dans le foin de la grange. On essayait de tout voir en se cachant bien. On s'allongeait sur le plancher de l'étage. On avait une belle vue plongeante qui se prolongeait même quand l'homme s'en était allé en rajustant fébrilement son pantalon.

Elle restait là, écartelée sur le foin écrasé, le sarrau froissé sous elle. Elle croisait et décroisait les jambes. Sur le moment, on croyait qu'elle avait les jambes un peu engourdies. Plus tard, j'ai compris qu'elle faisait durer son plaisir. On ne pigeait pas tout ce qui se passait par manque total d'expérience. J'ai souvent pensé, bien après, qu'elle savait très bien que nous étions là. Subjugués. Pour nous les gamins, c'était la découverte de la féminité dans toute sa splendeur puisque nous n'avions pas de références. Elle devait bien avoir vingt ans quand on n'en avait à peine plus de dix. Difficile à dire parce que, quand on est jeune, on n'a absolument pas la même vision des choses. Elles sont exagérées par le regard de l'enfance.

La fille de la mère Vals marchait sur le bord de la route. Elle s'est approchée. Le temps avait fait des ravages. La vie dissolue aussi. Elle avait banni son côté négligé pour se donner des airs de bourgeoise sans y parvenir complètement. Moi qui l'avais bien connue plus dépouillée, je la retrouvais engoncée dans un costume de dame. Vous pouvez imaginer quelle est la première chose à laquelle j'ai pensé en la voyant ! Mes yeux ont même été attirés vers le bas. Comme avant.

Elle m'a lancé :

— Alors tu te décides à attaquer cette haie ?

— Oui. Je voudrais avoir de la couleur pour la remplacer.

— Tu sais que j'étais la voisine de ta maman ?

— Je me souviens très bien de vous.

Son visage s'est éclairé. Elle m'a regardé étrangement comme si les souvenirs lui revenaient en mémoire. J'y pensais.

— Tu étais plus jeune et moi aussi. Après, tu es parti loin. J'étais au sana à cette époque.

— J'ai fini mes études à Paris. Ensuite, j'ai fait l'outre-mer.

— Je ne t'ai pas vu à ton retour. Ta mère m'a parlé de toi. Parfois. Pour me dire que tu étais venu quelques jours en vacances et que tu étais reparti. Elle est venue voir maman sur son lit de mort. Ton père n'était déjà plus là.

J'espérais en entendre davantage. J'ai relancé :

— Et vous avez vendu la maison…

Elle a levé les bras, fataliste.

— Bien obligée ! J'ai trouvé un mari. Il ne voulait pas venir habiter chez maman. Il trouvait que c'était petit, vieux, inconfortable.

— Et ainsi, nous avons eu d'autres voisins…

— Ta mère, ça ne la gênait pas. À part les travaux.

— Quand ils ont refait la maison ?

Elle a fait mine de s'étonner.

— Refait ? Ils ont tout foutu en l'air pour construire leur blockhaus !

— Vous avez visité ?

— Le dimanche, quand il n'y avait personne sur le chantier. Je suis venue faire ma curieuse une fois ou deux. Après, je ne suis plus venue. Mon mari en avait assez. Il disait que le pèlerinage c'était à Lourdes. Pas là.

— Et ma mère ?

— Elle trouvait qu'ils faisaient beaucoup trop de bruit et de poussière.

Elle a laissé un blanc avant d'ajouter, péremptoire :

— Et elle ne les aimait pas !

— Elle vous a dit pourquoi ?

— On en a parlé une fois. Elle n'aimait pas son genre à lui. Elle le trouvait gommeux. Je crois surtout qu'elle attendait qu'il vienne présenter ses civilités. Il n'est jamais venu la voir. Du coup, ils ne se parlaient pas. Ils se toisaient à travers le grillage. Comme chien et chat.

J'ai eu peur de l'intriguer par mes questions mais, comme je la savais bobotte, j'ai continué :

— Vous savez où ils habitaient avant, ces gens-là ?

— Bien sûr ! Ils étaient en ville. C'est là qu'il a ses affaires.

— Quel genre ?

— Il a des immeubles et des locataires. Des bureaux et aussi des familles.

— C'est tout ce qu'il fait ?

— Il a dit que c'était beaucoup de travail. Sinon, il va à la chasse et à la pêche. Il s'occupe, quoi !

— Et elle ?

L'ex-souillon s'est penchée comme pour me faire des confidences.

— On n'en sait pas grand-chose de sa femme. Elle ne travaille pas, ça, c'est sûr. Il ne veut pas d'ailleurs. Il est jaloux comme un pou ! Elle avait trouvé un emploi. Facile pour une femme comme ça. Elle a le physique et l'intelligence. Elle est restée deux jours. Le troisième, il est venu la chercher. Il a bousculé tout le monde et il a frappé le patron. D'un coup-de-poing, oui. Il a dit que les clients lui tournaient autour !

— Et elle, elle vient d'où ?

— Ah, ça, mon p'tit père, personne ne sait ! En tout cas, ce n'est pas Botmeur, ni Brennilis, ni même Brasparts. Huelgoat peut-être et encore ! Elle a des manières qui ne sont pas de chez nous. Elle l'a accroché à un bal quelque part sur la côte. Du rouge à lèvres bien gras, un parfum qui soûle et un sourire qui emballe. Faut pas plus ! Toujours est-il qu'il est tombé sous le charme. Il a couché avec elle et hop !

— Il l'a épousée toute de suite ?

— Avant, elle a laissé croire qu'elle était enceinte, la garce ! Il n'y a vu que du feu et il est tombé dans le panneau. Forcément, elle a eu une fausse couche quelque temps après. Si fausse qu'elle ne risquait pas d'avoir un enfant. Juste assez pour avoir la bague au doigt. Les hommes, ça fond comme beurre au soleil ! C'est vrai, ça croit de ces trucs !

Elle s'est aperçue que je faisais partie de cette population.

— Scuses ! Des fois, je pousse le bouchon !

— Ce n'est rien.

— C'est sa fille à lui qui a été contente de tout ce cinéma !

— Il a une fille ?

— Elle travaille à l'hôpital. Peut-être médecin, je ne sais pas. Il l'a eue quand il était beaucoup plus jeune. Il l'a reconnue, mais il ne s'est pas marié avec la mère. Ses parents ne voulaient pas. Ils ne la trouvaient pas assez bien pour lui. Question de dot, qu'on a dit !

— Il est riche, c'est ça ?

— Tu as vu la maison et comment il l'a aménagée ! Il faut quelques picaillons pour faire ça !

— Sa fille doit avoir peur pour son héritage...

— Elle peut. Lui, il est fou d'elle. A lui faire du mal. Mais il est bien capable d'avoir fait les papiers pour tout laisser à sa femme.

— On ne peut pas déshériter complètement ses enfants. C'est la loi !

— Pfut ! Avec de l'argent, on fait ce qu'on veut. Y a des conseillers pour organiser les trafics. Ils y sont bien arrivés avec moi !

— Comment ça ?

— Il m'a envoyé du monde à lui. Deux qui z'étaient ! Une femme et un homme. Ils m'ont joué de la mandoline pour que je baisse mon prix de vente. Ils m'ont invitée dans un trois étoiles à La Baule. J'ai mangé du caviar et du homard. Ils m'ont fait la conversation chacun à leur tour. Avec des Madame longs comme le bras. Ensuite, ils m'ont baladé en belle voiture sur la côte. On s'est arrêtés au casino. Pour jouer aux machines à sous. Ils m'ont donné des jetons. Je n'ai rien payé. Ensuite, ils m'ont offert le champagne rosé dans un petit salon. Une coupe, deux coupes. Comme je voulais. La femme, elle a parlé avec moi, très gentiment, pendant que l'homme était parti téléphoner. Il est revenu en disant qu'il avait une surprise pour moi. On est allés voir un spectacle le soir, un truc de cabaret. J'ai bien aimé. Ils m'avaient réservé une suite dans un grand hôtel. Ils m'ont accompagnée dans la chambre. Ils avaient tous les papiers avec eux.

— Et vous avez cédé ?

— Avec une bonne pincée d'argent dans une enveloppe, oui.

Elle a levé la main comme pour parer à tout reproche de ma part.

— Je sais, c'est mal. Mais tous ces beaux billets, c'était tentant. Ils étaient si gentils, surtout elle, que j'ai fait un geste. Un beau geste même.

Elle a paru gênée d'avoir accepté le marché dans ces conditions.

Ensuite, elle m'a demandé :

— Et toi, tu feras comme moi ?

— Comment ça, comme vous ?

— Tu ne vas pas rester tout seul ici. Je te demande si tu vendras quand ta mère sera morte.

J'ai nié un peu bêtement.

— Ce n'est pas mon intention pour l'instant.

— Eh ben, bon courage ! m'a-t-elle dit en soupirant.

J'ai tiqué.

— Pourquoi vous dites ça ?

— Avec des voisins comme ça, tout peut arriver ! Et rien que du mauvais !

XVI

J'ai laissé la fille de Vals s'en aller. Je me suis dit tout de suite qu'elle avait su assez habilement distiller son fiel. Les ragoteuses de son genre ont toujours su faire beaucoup de mal avec leur langue. Comme si c'était devenu leur seul plaisir.

Je l'avais trouvée grinçante à propos de ma voisine. Probablement parce qu'elle la trouvait assez belle pour supporter des critiques acerbes. Je me souviens très bien l'avoir facilement défendue. J'étais déjà sous influence. Je crois que je le savais mais que j'en avais pris mon parti. Comme si cette sorte de dépendance choisie me donnait du plaisir.

En regardant mon ancienne camarade de jeux licencieux s'éloigner, je la voyais déjà rencontrer d'autres femmes du même acabit dans les commerces ou sur la place. Elle allait leur dire que je m'étais beaucoup intéressé à mes voisins, que je me prenais pour ceci ou pour cela avec mes airs de colon tropical. Elle allait en rajouter une louche, changer l'angle d'attaque, habiller mes propos et mes attitudes pour corser l'histoire. Ces bonnes femmes indiscrètes, méchantes dans le fond, je les vomis aujourd'hui. Elles ont mis de l'huile sur le feu. Elles ont soufflé sur la braise pour avoir des choses à raconter. La fille de Vals, un peu moins. Je crois les avoir comblées au-delà de leurs espérances. Par ma faute.

Je me suis remis à l'ouvrage. J'ai dégagé le pied du premier arbuste, arraché des ronces et la couronne de grandes herbes qui le protégeait. Je me suis relevé un moment, juste comme ça. J'ai regardé dans l'axe de la route. J'ai ricané quand j'ai vu Arsène, les mains dans les poches, en train de m'observer de loin.

J'ai continué mon travail pendant une petite heure sans plus me soucier des spectateurs éventuels. Je me confortais dans mon rôle de preux chevalier. La fille de Vals avait décrit mon voisin comme une brute épaisse doublée d'un jaloux de première. Exactement ce qu'il me fallait pour me mobiliser. Je n'aurais aucun scrupule à défendre cette femme, à l'extraire des griffes de son mari.

Je suis parti dans un délire qui me convenait bien. Je l'ai imaginée nue, contrainte, forcée sous les assauts d'un mâle possessif. J'ai cru entendre ses gémissements puis ses plaintes. Je me référais à la scène du garage pour imaginer qu'elle ne pouvait être une proie silencieuse dans ces moments-là.

J'en étais à piocher rageusement la terre mêlée d'humus quand le facteur est arrivé. Vous savez ce que c'est. Le facteur, c'est une institution. C'est un lien permanent entre les usagers. C'est de l'écoute souvent et du colportage parfois.

Celui que nous avions s'occupait un peu moins de la vie des autres. Il s'intéressait à la terre, au rural. L'après-midi, je le voyais souvent passer avec sa petite voiture cabossée. Elle traînait une carriole faite maison encombrée de branchages, de terre ou de rondins de bois. Une autre fois, c'était une grosse armoire ou un vélomoteur.

Comme il avait ses entrées dans les maisons et les fermes, il rendait des petits services. Il se payait sur les objets qu'il pouvait restaurer et revendre. Rien à voir avec un entrepreneur qui aurait rédigé un devis après avoir examiné l'objet de la transaction. Il y trouvait son compte et les habitants aussi.

Je l'avais sollicité une fois, au grand dam du gars Arsène qui voyait son fonds de commerce s'en aller à vau-l'eau. J'avais des plaques de fibrociment que le vent avait bousculées et dont les angles avaient pris un coup. Il avait été d'accord pour venir les chercher. Il avait l'intention de les tronçonner au lapidaire pour en récupérer des morceaux pour arranger son clapier.

Il était venu un samedi. Il n'était pas tard. J'étais devant mon café du midi. Il était entré franco. Il avait serré la main de maman qui lui avait souri. Peut-être qu'elle l'avait reconnu. Longtemps, il avait été la seule personne qu'elle voyait de la journée. Il avait bu un café sans accepter la rincette. Il ne buvait pas une goutte depuis qu'il avait eu des problèmes sur la route un jour de cuite.

Il tenait à la main un paquet de prospectus roulés

ensemble. Je les feuilletais distraitement en déjeunant, puis je fourrais le tout dans le sac réservé au papier et au plastique. J'étais assez pour le tri sélectif. J'en avais trop vu outre-mer de ces manquements citoyens à la protection de l'environnement. Les décharges publiques étaient des cloaques immondes à ciel ouvert et il n'était pas rare d'y trouver un cadavre de chèvre ou de chien flottant sur une mare d'eau croupie. Des endroits comme ceux-là, aussi étranges que nauséabonds, servaient de dépotoir à toutes les détresses du monde. Ils cachaient bien les écarts des uns et des autres sous des montagnes d'immondices.

C'est vrai que je regardais les pubs. J'aimais bien ce qu'on pouvait parfois y trouver. Je n'étais pas comme certains aujourd'hui qui seraient pour leur suppression pure et simple. Il y a bien des gens que ça fait vivre.

Dans l'autre main, il avait une lettre. Plutôt un petit paquet scellé par une bande adhésive de couleur marron.

Il est venu jusqu'au grillage en trottinant. En souriant, il m'a lancé :

— Sale temps pour l'escalonia ?

— C'est ça, sale temps ! J'ai décidé de l'arracher. C'est une corvée à chaque taille.

— Et ça repousse de plus belle !

— La terre est bonne par ici.

— Oh, je l'sais bien. J'ai eu de bonnes patates avec votre mère. De la charlotte ! Elle me disait d'en tirer une ou deux blochées, le temps d'en remplir un panier pour elle et un pour moi.

J'ai cru comprendre qu'il regrettait ce temps-là et que je n'étais pas aussi altruiste que ma mère. Le pauvre, il était loin de savoir qu'elle le considérait comme un moins que rien. Elle l'utilisait pour faire de menues tâches qui l'ennuyaient au plus haut point et elle disait toujours qu'elle payait le facteur dans ses impôts. Elle trouvait juste de le mettre à contribution en lui donnant quand même un petit quelque chose. Une sorte de pourboire par lequel elle assurait sa domination sur lui. Toujours un cran au-dessus pour soumettre et avilir.

— C'est pour moi tout ça ? je lui ai demandé.

Forcément que c'était pour moi. Banalité affligeante des conversations humaines. Des mots pour meubler le temps et l'espace, des mots vides de sens, n'engageant à rien.

— Il y a les prospectus et il y a une lettre.

Il avait successivement brandi chaque main. Il a rassemblé le tout et il me l'a tendu. J'ai caressé la missive pour tenter d'en reconnaître le contenu. Aucune idée ne m'est venue à l'esprit. J'ai simplement remarqué que le cachet indiquait une autre commune que celle où j'habitais.

Il a demandé :

— Et vous allez faire ça en une journée ?

— Je vais commencer… On verra bien ce soir. Demain, il fera jour.

— Attention au tour de reins ! La terre est basse !

— Je me ferai masser si j'ai des problèmes.

Dans le fatras des banalités, quelque chose venait de faire tilt dans son cerveau. J'ai compris que la phrase le renvoyait à une information fielleuse. J'imaginais bien ce qu'elle pouvait être. J'ai botté en touche en ajoutant :

— Le kiné est un bon. Il me remettra d'aplomb si besoin !

J'ai vu son visage changer d'expression comme s'il était déçu que j'évoque une autre solution que celle qui lui taraudait l'esprit.

IL s'est renseigné.

— Vous dites le Chinois ?

— C'est un Thaïlandais, non ?

Il a haussé les épaules.

— Tout ça, c'est du pareil au même pourvu que ça marche !

— Sinon, il me restera le gri-gri.

Il s'étonna.

— Gri-gri ?

— De l'autre côté de l'océan, il y a des sorciers. Ils vous mettent un sachet d'amulettes autour du cou. Il y a de la bave de crapaud sur une feuille de banian, une griffe d'ornithorynque trempé dans l'urine de zébu et je ne sais quoi d'autre pour conjurer le sort et vous guérir.

J'avais presque envie d'inventer des ingrédients farfelus pour l'attirer plus encore du côté du rêve exotique. C'est fou comme les gens qui ne connaissent pas sont friands de ce genre de détails. Ensuite, je le savais d'avance, il m'aurait branché sur les bonnes fortunes pour vibrer davantage.

— Ici aussi, il y a des rebouteux !

— Surtout des j'teux d'sorts !

Il n'était pas breton d'origine.

J'étais assez d'accord. Les bons chiropracteurs autodidactes avaient subi les attaques des professionnels et ils avaient pratiquement disparu. Restaient ceux qui faisaient de la magie blanche ; la noire, on n'en parlait pas. Jamais.

— Les autres ne font pas de mal s'ils ne font pas de bien.

— C'est bon pour les boutons et les dartres.

Il a regardé ses chaussures.

— Et vous allez brûler tout ça ensuite ?

Je le voyais bien venir avec ses gros sabots. Il se disait déjà qu'il pouvait renouer de fructueuses relations en me proposant d'évacuer les branchages.

— Je ferai un feu de joie !

— À enfumer le quartier !

Je voulais qu'il me laisse.

J'ai dit :

— C'est bon pour les andouilles !

La phrase a suffi. Peut-être qu'il l'a prise pour lui, mais j'en avais rien à faire. J'avais balancé ça pour qu'il le resserve plus loin, au besoin.

Je l'ai regardé redémarrer. Il a déboîté du fossé sans

me regarder. Pas de signe de la main non plus. Je n'en ai pas été offusqué. Les gens font ce qu'ils veulent. Je m'en fous.

Non, ce qui m'intriguait c'était cette lettre. Je n'attendais rien de spécial pouvant m'arriver par la poste. J'étais du genre à ne pas supporter les sollicitations, les ventes forcées et les fausses bonnes affaires.

J'ai laissé pioche et râteau sur place et je suis retourné vers la maison. Je suis entré dans la cuisine après avoir laissé mes bottes sur le seuil. Ma mère était dans son fauteuil, face à la fenêtre. J'ai tout de suite remarqué qu'elle avait dû s'agiter. Le fauteuil était déplacé. De la bave coulait de la commissure de ses lèvres et son visage était marqué. Comme torturé par la peur. Je l'ai essuyée doucement avec un mouchoir en papier. Je l'ai redressée parce qu'elle avait légèrement glissé, entraînant avec elle le gros coussin rouge. J'ai constaté qu'elle était mouillée. Je n'avais pas le cœur à la changer dans l'instant. Cela pouvait bien attendre un peu. J'ai remis le chariot à sa place habituelle. Facile de retrouver les marques imprimées dans le linoléum de la cuisine à force de manœuvres identiques répétées tous les jours !

Et je l'ai regardée plus intensément.

Ses yeux voulaient me parler. Elle les faisait rouler comme si elle voulait les faire sortir de leurs orbites. Elle serrait les accoudoirs à s'en faire blanchir les phalanges. Oui, j'ai senti qu'elle avait eu peur. La frayeur de quelque chose que je ne pouvais identifier.

J'ai cru un moment qu'elle avait pu faire un malaise, se sentir partir et ne pas pouvoir appeler au secours. La solitude ultime.

J'ai pensé appeler le médecin, puis je me suis ravisé. Il me semblait que l'instant crucial était déjà passé et qu'il n'en restait plus qu'un mauvais souvenir. Le médicastre ne pourrait rien constater. Il arriverait après la bataille, comme toujours. Il faudrait payer la visite, aller à la pharmacie pour chercher une tonne de médicaments juste bons à faire marcher le commerce. Ma mère était vieille. Ses organes étaient usés. Le fait d'être devenue impotente accentuait ses problèmes. Elle ne pourrait jamais en sortir. Je n'étais pas pour l'acharnement thérapeutique.

Elle avait pu déplacer le fauteuil, elle qui ne bougeait pas les jambes depuis des années. Elle avait donc encore quelques ressources, décuplées par la crainte qu'elle avait connue pendant un moment.

J'ai vérifié le gaz et les brûleurs pour voir si son inquiétude ne venait pas de là. J'ai inspecté les éléments de cuisine et les placards à la recherche d'une hypothétique souris. Je savais que ma mère en avait peur. Si elle venait d'en voir une se balader sur la table, elle avait pu se crisper au point…

Au point de quoi ? D'en baver comme une épileptique ? J'en ai douté. Il avait fallu quelque chose de plus important pour la mettre dans cet état.

La fenêtre était entrouverte. Peut-être que le matou des voisins s'était glissé par là. Il rôdait chez nous plus souvent qu'à son tour, celui-là. Il chapardait tout ce qu'il pouvait trouver et il faisait hurler les chiens en les narguant derrière le grillage. Il savait très bien qu'ils ne pouvaient pas lui courir après pour lui casser le dos. Il avait le courage des lâches.

Je me suis approché. Peut-être le chat, en effet. Mes lunettes de soleil, genre Mafia, que je laissais toujours sur la tablette avaient été bousculées et le chiffon de nettoyage poussé plus loin.

J'ai saisi la paire de lunettes. J'ai vu que les verres étaient salis. Je n'ai pas cherché d'explication. Machinalement, j'ai pris le petit chiffon pour les essuyer en regardant au-dehors. J'ai senti la patate venir au crissement du tissu sur les verres. J'ai interrompu mon geste, mais c'était trop tard. J'ai regardé. La face intérieure du chiffon, donc à l'envers de celle portant le dessin et l'inscription de la marque, était constellée de grains d'une sorte de sable fin. Ils collaient très bien aux fibres, comme si on avait rajouté quelque chose pour les faire adhérer. Ensuite, j'ai examiné les verres. Ils étaient striés de profondes rayures rendant la paire de lunettes parfaitement inutilisable. À moins d'apprécier les kaléidoscopes. Heureusement que j'avais une autre paire à ma vue, sinon j'étais mal.

Ma conclusion a été simple. Ce n'était pas le chat.

XVII

J'étais fou de rage. J'ai plié la paire de lunettes jusqu'au point de rupture. J'ai presque ressenti un soulagement quand la monture s'est cassée en deux. J'ai jeté les morceaux dans la poubelle et je me suis versé un grand verre d'eau.

Je ne l'ai pas bu. Je l'ai renversé sur ma tête pour me calmer. J'avais besoin de cette douche froide pour ne pas commettre un meurtre, là tout de suite.

Il faut me comprendre. Essayer tout au moins. Quelqu'un avait pénétré chez nous en mon absence, mais même pas en pensant que j'étais parti en voyage. Non, là, presque sous mes yeux, pendant que je déconnais avec la fille de Vals sur le bord de la route. Vous saisissez la nuance ?

J'enrageais parce que mon inattention avait permis cette intrusion scélérate. J'étais bafoué à un point que je n'acceptais pas.

Certes, j'avais moi-même effectué une visite chez mes voisins. J'avais pu examiner leur intérieur, juger de leur mode de vie et me goinfrer des preuves de leurs ébats. J'avais fureté dans les placards, caressé les culottes soyeuses et pénétré leur intimité. Ce n'était pas forcément glorieux, mais…

Mais je n'avais pas risqué de faire mourir de peur une vieille dame impotente !

Je reprochais à mon voisin si curieux de n'avoir pas eu d'égards pour ma mère.

Elle aurait pu décéder d'un coup alors que j'espérais la voir partir calmement, à son heure, comme une bougie qui s'éteint.

J'ai poussé la porte de la chambre de maman. J'ai vu qu'on y était entré. Facile parce qu'on fermait toujours soigneusement la porte pour garder la chaleur. Là, elle était juste tirée contre le chambranle, mais le pêne n'était pas engagé dans son logement.

L'intrus avait peut-être voulu refermer derrière lui. Ce qu'il ne savait pas c'était que cette porte avait travaillé avec le temps. On pouvait remarquer l'espace créé au ras du plancher. Il fallait la soulever un peu pour mettre les deux parties de la serrure bien en face l'une de l'autre. Alors on pouvait fermer la porte complètement.

En plus, le tapis de sol avait bougé. C'était une sorte de carpette rectangulaire avec un dessin. Je ne me souviens plus exactement de ce qu'il représentait. Il glissait toujours un peu sur le parquet ciré. C'était d'ailleurs pour cette raison que j'avais pu relever Alice quand elle s'était affalée sur le lit et la prendre ensuite pour notre plus beau jour.

Pour en revenir juste un instant à cet épisode, je me

suis demandé ensuite s'il n'y avait que le tapis de responsable dans cette affaire. Ses cuisses avaient été très généreusement découvertes. Assez haut pour attirer le regard d'un homme normalement constitué. Elle me savait derrière elle, à bonne distance. Alors…

On le remettait toujours bien droit avant de sortir de la pièce. Alice comme moi. C'était devenu une sorte de geste machinal qu'on faisait du pied avant de sortir. L'autre ne pouvait pas le savoir.

J'ai fait le tour des objets d'un coup d'œil exercé. J'ai ouvert le tiroir de la table de nuit pour vérifier que le carnet de chèques et le portefeuille étaient bien en place. On ne les avait pas touchés.

J'ai craint le pire. Je suis monté à l'étage, quatre à quatre. Dans ma chambre, le visiteur n'avait pas cherché à cacher son passage. Il avait répandu sur le lit le contenu des tiroirs de la grande armoire. Il y avait là pêle-mêle des souvenirs, des photos, des sous-vêtements.

Il n'avait pas épargné mes petites choses d'enfance et d'adolescence : une voiture en métal, un couteau suisse, un mouchoir orange et rose. L'adolescente rieuse qui m'avait offert sa virginité comme un cadeau le jour où j'avais décidé de devenir un homme, l'avait oublié sur le drap en partant. J'y tenais.

Il avait balancé les pulls et les pantalons, déplié les chemises et les draps. Il avait foutu un souk d'enfer avec tout le contenu de l'armoire. C'était inimaginable. Et choquant.

Je me suis assis sur une chaise près de ma fenêtre. J'étais abasourdi. L'autre était allé très loin. Plus loin que moi chez lui. Il y avait violation en somme. On venait d'atteindre un palier. Je ne m'en doutais pas encore vraiment, mais l'ascension vers les sommets était en marche.

J'ai regardé toutes mes affaires. L'idée de tout jeter par la fenêtre m'a traversé l'esprit. J'étais atteint par la souillure et profondément vexé. Je crois qu'il s'est passé quelque chose de fort ce jour-là et que le reste en a découlé assez naturellement. Surtout que je n'étais pas au bout de mes découvertes.

En toisant ce fatras, je me suis demandé ce qu'il pouvait bien avoir emporté. J'étais persuadé qu'il n'était pas reparti les mains vides. Il ne pouvait pas avoir fait ça uniquement pour me faire enrager. J'ai donc rangé soigneusement vêtements et objets un à un afin d'établir la liste des absents.

Il m'a fallu du temps et quelques accès d'émotion mal contenue pour tout remettre en place. Au final, il manquait un foulard noir que j'avais acheté pour un enterrement en plein hiver, une médaille militaire de mon père, un anneau d'argent et un couteau de collection enfermé dans un écrin de velours rouge.

L'écharpe, je ne l'avais mise qu'une fois pour supporter le froid pénétrant quand j'étais dans la foule à écouter l'absoute du prêtre. Le défunt ne m'était rien. C'était une connaissance de mon père. Justement, sa médaille était absente. Elle était posée à plat dans le tiroir sans rien d'autre. Ce qui lui donnait plus de valeur encore qu'avec un décorum envahissant. Je n'avais rien gardé de lui à part cette breloque qu'il avait jetée par la fenêtre un jour de colère. Il n'admettait pas qu'on bafoue l'honneur des combattants dans la presse ou à la télé. Le couteau ciselé, c'était un objet rituel ramené d'outre-mer. Là-bas, ce type de lame était utilisé pour les sacrifices. Celui-là avait déjà servi. On me l'avait assuré. Je n'ai pas su en quelles circonstances. L'anneau d'argent, c'était un autre souvenir. Agréable.

Plus curieusement, il manquait un slip. Noir, lui aussi. Il faisait partie d'un lot de trois pièces. Le visiteur en avait emporté un que j'avais conservé dans son fourreau de plastique. Je ne l'avais jamais déballé. J'avais regretté d'avoir choisi la taille basse. J'avais peur de ne pas être à l'aise dedans. J'avais continué de mettre les autres. Vous savez, l'habitude de l'homme seul.

Cette liste m'a laissé perplexe. Je ne comprenais pas qu'il se soit donné tant de mal pour venir voler ces objets. Aucun n'avait de réelle valeur. À part la médaille militaire de mon père. Une valeur sentimentale. En la conservant précieusement, je lui rendais hommage car il avait été le seul à me vouloir.

Je savais qu'il avait reproché à ma mère de ne pas lui donner d'enfant. Il lui avait imposé l'adoption comme ultime recours pour vivre une paternité qu'il désirait fortement. Celle qui allait devenir ma mère adoptive ne voulait pas d'une progéniture encombrante. Mon père m'a confié plus tard qu'elle avait pu cacher et interrompre des grossesses pour ne pas lui donner la satisfaction qu'il attendait. Je ne sais pas si elle est allée jusque-là. Ce que je sais c'est qu'elle ne m'a pas désiré. Et donc, qu'elle ne m'a pas aimé.

Et puis, il y avait ce slip manquant. Noir, propre, neuf. Je n'avais aucune explication à ce vol insensé. À ce moment-là du moins.

Je suis redescendu au rez-de-chaussée. C'est alors que j'ai vu l'enveloppe que j'avais laissée sur la table au-dessus de la pile de prospectus en couleurs. Je l'avais oubliée, celle-là ! C'était elle pourtant qui m'avait fait quitter mon chantier pour venir la lire à la maison. Je me suis dit alors que, si je n'étais pas resté discuter avec le facteur, j'aurais pu tomber nez à nez avec mon visiteur. Dommage ! J'aurais bien voulu cette rencontre au sommet. Qu'on se batte et qu'on s'étripe et qu'on passe à autre chose ! La vie n'allait pas se résumer à cet affrontement permanent.

J'ai ouvert l'enveloppe avec d'infinies précautions. À l'intérieur, il y avait un mini-album de photos, un cadeau offert avec un tirage un peu plus cher. J'ai feuilleté d'un geste rapide et j'ai compris.

C'était une sorte de diaporama. Les clichés, tirés sur une machine automatique probablement, se succédaient dans un ordre précis. La première image était banale. On y voyait ma maison vue de l'extérieur avec ma voiture garée devant. La deuxième photo montrait l'arrivée d'Alice. Le cliché était pris de l'entrée de la cour et parallèlement à la maison. On la voyait donc de trois quarts sortir de la voiture. Elle regardait en direction de l'objectif. Suivait une photo de la fenêtre entrouverte comme pour indiquer que la suite se passait par là. Il y avait aussi un plan de l'intérieur de la maison. Sans moi. Sans Alice. L'image suivante me montrait en train de l'attendre tranquillement. Justement, voilà qu'elle entrait dans la pièce.

La suite était éloquente en quelques photos. Alice se déshabillait. Moi aussi. Elle se mettait à califourchon sur moi. Quelques estocades la faisaient se cabrer vers l'arrière. Torride.

On lui voyait les jambes, les fesses et les seins. Moi, j'étais épargné par le reportage. Mon image restait pudique. J'étais nu mais d'une nudité pratiquement asexuée.

La séquence se poursuivait par un plan d'Alice penchée en avant pour enfiler sa culotte et se terminait par une photo où nous étions tous les deux sur le seuil de la maison à son départ. Les images étaient numérotées. Dans la dernière pochette, il y avait un bristol marqué : « A SUIVRE ».

Il ne pouvait y avoir de doutes sur les personnages de cette saynète. Les lieux étaient parfaitement identifiables et la plaque minéralogique de la voiture d'Alice était clairement lisible.

J'ai regardé à nouveau les photos une à une. J'ai cherché à retrouver l'endroit précis où on avait pressé sur le déclencheur. Je ne voyais pas comment on avait pu prendre tant de poses sans qu'on s'en aperçoive. Surtout Alice puisque, à un moment, elle regardait franchement vers l'objectif. De quoi la soupçonner encore une fois.

Je me suis demandé pourquoi on m'envoyait ce cadeau par la poste. Certainement pas pour avoir un souvenir. Si j'avais eu besoin de faire ce type de photo, j'en aurais parlé à Alice au lieu de lui voler des images de son corps. D'ailleurs, j'aurais plutôt souhaité la voir prenant la pose, nue et seule. Rien à voir avec ce reportage en caméra cachée. La qualité artistique n'était franchement pas au rendez-vous. Mais en terme de preuve, il n'y avait rien à dire.

J'avais du mal à croire qu'Alice fût dans le coup. Son attitude, c'est vrai, m'avait interpellé, mais je mettais facilement ça sur le compte d'une coïncidence. Elle n'avait aucun intérêt à rentrer dans cette sorte de trip crapuleux. Elle avait davantage à perdre que moi. Beaucoup plus.

J'en suis donc revenu à penser à mon voisin. Je l'ai trouvé bien dérangé pour commettre ce genre d'acte imbécile. J'ai surtout songé à ce qu'il pourrait en faire. En me l'adressant, il me mettait en garde. Une menace à planer sur l'utilisation future du document. Il me prévenait qu'il avait des munitions et qu'il avait le loisir d'en user à sa guise.

J'imaginais la catastrophe pour Alice, sa famille, son boulot. Et ma responsabilité au final. Je pouvais bien essayer d'aller chez lui et dérober la carte mémoire de l'appareil. Peine perdue s'il avait enregistré le fichier sur un disque dur planqué ailleurs. Et j'étais certain qu'il avait pris ses précautions. Une carte mémoire c'est grand comme un timbre-poste. Il pouvait la mettre n'importe où sans que, jamais, je ne puisse mettre la main dessus.

Et puis la moutarde m'est montée au nez. Je suis allé dans le séjour. J'ai ouvert l'armoire toute grande. J'ai décroché mon fusil de chasse, celui que je prenais pour les safaris en brousse.

J'ai plongé la main dans une boîte de cartouches. J'ai rempli le magasin de l'arme. J'en ai mis quelques-unes dans mes poches, puis je suis revenu dans la cuisine.

Ma mère m'a regardé, horrifiée. Cette fois, c'était moi qui lui faisais peur. Je n'en avais plus rien à faire. J'étais prêt à en découdre, à me faire trouer la peau par mon voisin pourvu que j'aie la sienne avant de claquer.

Je suis sorti brutalement et je me suis mis à marcher rapidement vers la clôture. J'étais dans un état second. Comme si le vaudou était passé par là. J'avais envie de sang. Je voulais tuer pour qu'on en finisse. Et tant pis si j'y passais aussi. Je crois qu'on peut appeler ça de l'aveuglement meurtrier.

Puis une branche flexible de châtaignier m'a cinglé le visage. J'en ai senti la morsure sur la joue. C'est ce qui m'a réveillé. J'ai ralenti mon allure, comme si j'avais coupé les gaz, avant de m'arrêter complètement.

Alors, j'ai dirigé mon arme vers le ciel. Et j'ai appuyé sur la détente, vidant complètement le magasin en hurlant comme une bête.

XVIII

Il a fallu que j'aille aux poubelles. Avec toute cette agitation, j'avais un peu négligé cette tâche régulière. Il y avait les changes et les alèzes de maman, plus un tas de matériel jetable que la belle Alice utilisait chaque jour. Tout cela faisait très vite du volume.

Il y avait le reste. Les cartons d'emballage, à peine produits aussitôt jetés. De l'inutile au prix fort. On aurait pu revenir aux consignes, aux contenants réutilisables, aux produits en vrac. Au lieu de cela, il fallait dépiauter les produits, déchirer emballages et films plastiques avant de redécouvrir les mêmes choses qu'avant.

C'est vrai que cette corvée des poubelles ne me plaisait guère. J'étais éloigné de la place parce que je devais faire le tour d'une autre propriété, inoccupée la plupart du temps, pour atteindre les conteneurs. Je passais entre l'église à flanc de coteau et le cimetière en contrebas de la route. La statue du soldat de 14-18 restait stoïque.

Parfois, j'utilisais une brouette pour transporter les sacs. Si le volume devenait trop important, je prenais la Méhari. En rentrant de l'étranger, j'avais acquis ce curieux véhicule hérité des années rock et folk pour m'en servir comme utilitaire d'appoint. Quand j'allais en forêt avec les chiens, c'était un moyen de locomotion tout indiqué. On pouvait saloper l'intérieur sans grand risque et les chiens aimaient bien se balader ainsi. Tout comme moi.

Je me rappelais le bled que je sillonnais en 4L. Je traversais les oueds asséchés, négligeant les ânes boudeurs, arrêtés parfois sur le bord, et je filais vers Bechar ou Tindouf. Quand j'arrêtais le moteur pour le laisser refroidir, il hoquetait encore sous l'auto-allumage provoqué par la fournaise du désert avant de stopper comme s'il rendait l'âme. Une sorte de dernier souffle toujours recommencé. Et je faisais une virée à Oran au bordel de la rue de l'Aqueduc avant de me perdre dans l'étendue de sable. Comme si j'avais besoin d'être encore un homme au cas où l'aventure déciderait de stopper net ma vie.

Il y avait une pensionnaire de l'établissement qui me plaisait particulièrement. Son allure un peu frêle n'attirait pas les hommes cherchant des compagnes solides et plantureuses. Elle était souvent libre…

Donc, j'avais pris une brouette. Pas celle qui avait été aspergée de peinture. Elle était devenue trop voyante. J'avais entassé quelques sacs noirs bien ventrus et quelques autres réservés au tri sélectif. Particularité de l'endroit, les deux dépôts étaient distants de quelques dizaines de mètres. Il fallait faire la distribution. Ce que j'ai fait en évitant de heurter les sacs pour ne pas les éventrer.

C'est au dernier sac noir que l'adjudant en retraite s'est pointé. Il avait la tête d'un juteux de la quatrième, sec comme les vents de nord et aussi accueillant qu'une porte de prison. Monsieur jouait de la badine comme s'il avait un bataillon de Sénégalais à conduire à l'abattoir.

Il s'est approché de son pas alerte, guêtres bien appliquées sur ses mollets de coq et veston boutonné. Prêt pour la parade des anciens combattants. Je l'aurais bien vu défiler avec les Croix-de-Feu du lieutenant-colonel De Laroque.

— Monsieur, m'a-t-il dit d'une voix ferme, vous avez fait un de ces boucans avec votre pétarade ! Je vous somme d'arrêter votre tapage. Les armes à feu sont dangereuses. Elles n'ont pas droit de cité dans un quartier résidentiel comme le nôtre. Je vous avertis que je vais me plaindre aux autorités.

Je l'ai regardé, incrédule. Le vieux débris m'interpellait pour des choses qui ne le regardaient pas. Je n'étais pas d'humeur à m'en laisser conter. Surtout qu'on avait été à deux doigts de constater une mort d'homme.

J'ai feint pour éviter de m'énerver.

— Mais de quoi vous me parlez ?

— Je vous ai vu courir dans votre jardin, une arme à la main. Puis tirer à qui mieux mieux. Vous auriez pu blesser quelqu'un.

— Dites tuer, ce serait plus juste !

Il a paru interloqué.

— Vous, vous, bégaya-t-il, vouliez réellement tuer quelqu'un ?

— Comme en ce moment…

Il est monté sur ses ergots.

— Vous me menacez ?

— Foutez-moi la paix et vous serez tranquille ! Ce n'est pas vos oignons, ce qui peut se passer chez moi !

— Vous n'auriez pas dû quitter les colonies.

— N'ayez crainte, je vais y retourner. Mais je suis chez moi ici.

Il s'est offusqué.

— Moi aussi !

— Votre femme est d'ici. Pas vous.

— J'ai bien le droit de passer ma retraite quelque part tout de même !

— Sans casser les pieds des autochtones !

— Vous n'êtes plus dans votre brousse ! Là-bas, vous pouviez tirer sur tout ce qui bouge avec la bénédiction du gouvernement d'un roi nègre. Ici, ce n'est pas possible.

— Ah bon ? Et pourquoi ?

Rubicond, il a éructé :

— Parce que je vous l'interdis !

J'ai ri assez fort pour le blesser dans son amour-propre.

Et j'ai renchéri :

— Votre interdiction à la con, vous savez où vous pouvez vous la fourrer ?

Je crois que c'était la phrase de trop. Il a fait demi-tour comme à la parade et il est reparti en direction de sa petite maison proprette. J'étais persuadé qu'il allait mettre la maréchaussée au courant de mes frasques. Un militaire en retraite reste un militaire. Je n'ai rien contre l'uniforme. Mais la connerie…

J'ai pressé le pas pour ramener la brouette. Les gendarmes allaient faire du zèle pour un ancien de la Grande Muette. Je n'en doutais pas un instant.

Une fois à la maison, j'ai enfermé les boîtes de cartouches dans un sac étanche. J'ai emballé mes fusils dans une couverture et j'ai porté le tout dans ma remise. J'avais aménagé un coffre discret derrière les casiers à bouteilles. Il était facile d'accès pour l'initié que j'étais mais indécelable même pour un fouineur intelligent. Encore un truc appris en brousse. Il aurait fallu tout déplacer pour découvrir le pot aux roses. Outre les armes et les munitions qui y trouvaient leur cache naturelle, j'y conservais autre chose dans un grand sac de sport. À l'abri des regards.

J'ai à peine eu le temps de revenir dans la cuisine que les pandores se sont pointés. Ils étaient trois pour une fois. C'était me donner beaucoup d'importance.

Machinalement, le chef a filé un coup de raquette. Un peu mou le salut, mais je pouvais le comprendre. On rectifie la position devant un supérieur. Un quidam comme moi ne méritait qu'un geste de civilité.

— Nous avons été informés, commença-t-il, par un de vos voisins…

J'ai tout de suite embrayé :

— L'adjudant Trucmuche n'est pas mon voisin. Peut-être à vol d'oiseau. Et encore…

— Fontanes, c'est son nom.

— Vous me l'apprenez. Dommage, je risque de l'oublier très vite.

J'ai remarqué que je l'agaçais déjà, le pandore.

— L'adjudant Fontanes…

— Il est en retraite. Il n'est plus adjudant.

— Monsieur Fontanes, si vous préférez, s'est plaint.

— Je l'empêche de dormir ?

— C'est un peu ça.

J'ai pris un air désolé.

— Ce n'était que quelques pétards contre les taupes.

— Il a parlé de coups de feu.

— Problème d'âge, peut-être ?

J'ai cru que l'autre allait m'en mettre une pour m'ôter l'envie de me foutre de sa gueule.

— Il vous a vu, une arme à la main, tirer de tous côtés.

— Il a donc un problème de vue en plus. Il a pu apercevoir un bâton. Je m'en sers pour écarter les branches quand je sors des sentiers battus. De loin, peut-être qu'on peut prendre ça pour un canon de fusil. Navré de vous décevoir !

Le gradé s'est retourné vers ses sous-fifres. Puis il est revenu vers moi.

— Vous l'avez menacé, en plus !

— Il m'a agressé alors que j'étais aux poubelles. Je ne lui ai rien fait, moi. Si ça se trouve, je pourrais porter plainte…

Le gendarme en avait un peu marre de ces querelles de voisinage et il n'avait rien de probant à se mettre sous la dent.

— Je suppose que vous ne détenez pas d'armes chez vous ? m'a-t-il dit avec une bonne dose d'ironie.

J'ai pris le même ton :

— Vous pouvez entrer dans la maison pour vérifier.

— Surtout si vous les avez cachées ailleurs…

J'ai voulu le mettre en défaut.

— Dans l'hypothèse où j'aurais pu en avoir. C'est ce que vous voulez dire ?

Il a très bien compris ma manœuvre.

— Exact. Dans l'hypothèse…

C'est à ce moment précis qu'Alice s'est pointée.

— L'aide-soignante pour maman, ai-je simplement dit.

Le gradé a paru gêné. Il a salué. Il a fait signe à ses acolytes et ils se sont engouffrés dans leur véhicule. L'incident était clos.

Alice les a regardés partir, puis nous sommes entrés dans la maison.

— Qu'est-ce qu'ils voulaient, les gendarmes ? m'a-t-elle demandé sans ambages.

— Il paraît que je tire sur tout ce qui bouge !

Espiègle, elle m'a répondu :

— C'est un peu vrai, non ?

— Ils parlaient de coups de fusil.

— Et ils avaient raison ?

— Quelques cartouches tirées en l'air n'ont jamais fait de mal à personne !

Alice a saisi son vanity et elle a commencé à s'affairer sans trop se soucier de mes aventures. Elle faisait preuve de sens pratique. Elle allait accomplir sa tâche. Avec sérieux et professionnalisme comme d'habitude. Mes petites histoires ne l'intéressaient pas vraiment.

Je me suis dit que j'allais attendre la fin des soins pour lui parler de ce qui pouvait nous préoccuper ensemble. De toute façon, elle réclamait déjà de l'eau chaude et je savais très bien que ce n'était pas le moment de la distraire de son objectif. C'est ce qu'il y avait de chouette chez elle. Elle était sérieuse dans tout ce qu'elle faisait. Encore aujourd'hui.

J'ai préparé le petit bol qu'elle affectionnait. Un juste milieu entre une baille et un bigorneau. Il y avait le dessin d'une île dans le fond et elle disait toujours qu'elle avait l'impression de voguer à l'aveuglette avant de voir la terre ferme se dévoiler. Comme dans les films de pirates.

Je sais qu'elle rêvait de cette île comme d'un truc de gosse. Je crois bien qu'elle aurait aimé y aller. Je me dis souvent qu'on aurait dû plaquer tout et disparaître sous les cocotiers. On aurait vécu à poil tout le temps. Des parties de pêche, du farniente et de l'amour comme emploi du temps. Quelques soirées à la fraîche avec les habitants de l'île. Rien à voir avec cette tripotée de voisins imbéciles qui m'ont pourri la vie. Je n'ai pas osé le lui proposer. Sur le moment, je n'ai donc pas su si ce rêve, elle avait envie de le vivre avec moi. Et aujourd'hui, tout est tellement différent…

Quand elle est sortie de la chambre de maman, je l'ai regardée se laver les mains et les avant-bras. Elle est ensuite venue prendre son café. Elle semblait moins pressée. Au lieu de l'attirer vers moi, ce qu'elle semblait attendre assez naturellement, je lui ai dit :

— J'ai quelque chose à te montrer.

Je lui ai tendu le petit album. Elle a regardé les photos une à une. J'ai vu ses joues rosir lentement. À la fin, elle a dit :

— On est plutôt pas mal, vous ne trouvez pas ?

Elle ne manquait pas d'air ! Quelqu'un avait suivi, photo après photo, notre couple faisant l'amour en toute liberté. Et ce qu'elle trouvait à dire se plaçait sur nos qualités photogéniques. Elle semblait ne pas s'en émouvoir. Se protégeait-elle déjà ?

— On nous a quand même volé ces images ! je lui ai dit.

Elle a laissé tomber l'album sur la table.

— Je le vois bien !

Elle m'a regardé, superbe. D'une voix caressante au possible, elle a dit :

— N'empêche que je nous trouve assez beaux comme ça, enlacés, imbriqués…

J'étais un peu décontenancé. Probablement parce qu'elle oubliait le voyeur voleur alors que je ne pensais qu'à ça.

— Imagine que quelqu'un nous a regardés faire l'amour. Du début à la fin !

— On n'a pas fait ça pour lui, mais qu'il en profite s'il n'a rien d'autre. Je m'en fiche !

J'ai trouvé qu'elle n'avait pas la réaction que j'escomptais. J'attendais qu'elle soit inquiète puis agressive. Elle acceptait sans haine. J'ai cru qu'elle était vraiment de mèche avec le photographe.

J'ai creusé dans cette voie.

— Tu savais qu'il était là ?

Elle a froncé les sourcils.

— Comme j'aurais pu le savoir ?

— Quand tu sors de ta voiture, tu le regardes.

— Je tourne la tête, c'est tout. Il ne faut pas chercher midi à quatorze heures. C'est quand même moi qui aie le plus à perdre dans cette affaire !

— Tu as raison.

— Drôle d'idée de me soupçonner tout de même.

— Excuse-moi, j'essaie de comprendre.

— Moi, je vous ai fait confiance. Totalement. J'aurais pu avoir des craintes.

— Mais tu n'en as pas eu.

— Eh ben, non ! Ce n'est pas mon style.

J'ai senti qu'elle était blessée. Je me suis persuadé que c'était à cause des photos. Ce n'était pas probablement pas la raison principale. Elle faisait preuve de sentiment, d'amour peut-être, et je ne voulais même pas m'en apercevoir.

— Qu'est-ce qu'on va faire ? je lui ai demandé.

— Rien, elle a dit.

— Et si…

— On verra à ce moment-là. De toute façon, il y avait un risque. Nous l'avons pris ensemble. Aujourd'hui, il frappe à la porte. C'est tout.

Elle s'est rapprochée de moi. À me toucher. Elle a passé ses bras autour de mon cou.

— Il y a peut-être quelqu'un dehors à nous observer, j'ai dit.

— S'il compte nous séparer avec tout ça, nous n'avons pas de temps à perdre.

Elle s'est collée à moi encore plus fortement. Elle m'a regardé dans les yeux.

Doucement, elle a dit :

— Il a eu un petit aperçu du spectacle. Maintenant, il va avoir droit au feu d'artifice…

Et elle m'a embrassé fougueusement.

XIX

Le lendemain, je les ai rencontrés à la boulangerie. C'était plus qu'une boulangerie, d'ailleurs. On pouvait acheter des boîtes de conserve, des allumettes, une bouteille de gaz. De quoi survivre à la campagne. Faut dire quand même que, dans ces coins comme Botmeur, La Feuillée ou Brennilis, il n'y a pas de grande surface. Le commerce ouvert, c'est souvent le seul à des kilomètres à la ronde, il vend de tout un peu et c'est bien ainsi. Et ce n'est pas dire qu'on y vit plus mal que de dire ça. C'est différent, un point c'est tout.

La clochette a tinté. Il s'est retourné quand je suis entré. Pas elle.

Elle se tenait droite comme si elle avait avalé un manche à balai. Elle portait une robe un peu stricte mais de belle qualité. Il n'y avait que les chaussures qui n'allaient pas. Elles détonnaient avec leur air fatigué. Peut-être qu'elle les affectionnait ? Je lui avais vu les mêmes aux pieds lors de notre rencontre sous la pluie.

Lui, il jouait au cador comme si le canton tout entier lui appartenait. Il portait de grosses godasses. Un peu comme les chefs d'entreprises de bâtiment quand ils se rendent sur les chantiers. Le reste était à l'avenant : pantalon en velours à grosses côtes et pull beige à col roulé.

Il allait et venait comme un ours en cage, occupant tout l'espace comme un prédateur. Elle restait délibérément en dehors du cercle. Hors d'atteinte, j'ai pensé.

À son tour, il s'est avancé vers le comptoir. Il a désigné la baguette qu'il voulait, puis il a choisi un pain de ferme à demi brûlé en ironisant sur le bien cuit. Il a cherché des pièces dans un petit porte-monnaie en forme de blague à tabac. Il s'est attaché à faire l'appoint, puis il s'est retourné vers elle.

— Tu voulais quelque chose ?

Elle a secoué la tête. Il a fait un signe de la main, puis il est sorti. Elle l'a suivi avec un léger temps de retard. En passant à côté de moi, elle a tourné les yeux vers moi. Pas la tête.

Je les ai regardés monter dans le 4x4 et filer dans la direction opposée à leur propriété. C'est à ce moment-là que j'ai eu l'idée d'aller faire un tour chez eux. Histoire de comparer avec l'autre fois. Et puis ce n'était, dans mon esprit, qu'un prêté pour un rendu. La partie de cache-cache continuait.

J'ai pris un gros pain, il nous faisait deux ou trois jours, et une sorte de mousse aux fruits rouges pour maman. Il n'y avait rien à mâcher dans cette pâtisserie. Je pouvais lui donner ça sans risque de fausses routes.

Je suis revenu chez moi dare-dare. Il n'y avait pas de temps à perdre. Le couple d'enfer ne partait jamais bien longtemps et l'homme, me sachant à l'affût, n'allait pas découvrir ses flancs sans protection plus que nécessaire. J'ai aussi pensé à la ruse. Je le savais doué pour le jeu d'échecs. Il pouvait très bien sacrifier le fou pour sauver sa dame. Cependant, comme il ne pouvait pas savoir qu'on allait se rencontrer, il ne pouvait pas avoir prévu ma réaction. Il y avait beaucoup de chance pour que j'aie raison. Mais pas à cent pour cent.

De toute façon, j'avais décidé de lui rendre la monnaie de sa pièce. J'avais cherché un moyen pour les écouter à distance. J'avais pensé les enregistrer mais je craignais de ne pouvoir aller récupérer la minicassette. Leur maison, ce n'était pas un moulin, même si j'y avais mes entrées discrètes. Je pouvais utiliser un portable. Sauf que c'était un bon moyen pour m'identifier et me coller les flics sur le dos.

En fait, ma solution c'était d'utiliser un simple talkie-walkie de gamin fonctionnant avec des piles. J'espérais que l'appareil resterait bien caché. Une fois les batteries épuisées, il deviendrait inerte. Point final.

J'ai donc franchi le Rubicon une fois de plus. J'ai refait le chemin jusqu'au garage. J'ai souri quand j'ai retrouvé la clé placée au même endroit. Habitude, quand tu nous tiens !

Une fois dans la maison, je ne me suis pas attardé au rez-de-chaussée. J'avais bien envie cependant de chercher une pochette de clichés. Non pas pour la détruire, je savais très bien que ça n'aurait servi à rien. Non, pour voir s'il y en avait d'autres pouvant servir à un deuxième envoi, par exemple.

Je suis monté directement dans la chambre, la première sur le palier. Il y régnait le même capharnaüm que la fois précédente. Le lit était comme labouré et le drap douteux. Des vêtements jonchaient le sol. L'appareil photo, probablement celui qui m'avait pris en bonne compagnie, était là lui aussi. J'ai été tenté d'en examiner la carte mémoire pour voir ce qu'elle contenait, mais c'était trop risqué. Et ce n'était pas mon objectif.

Je me suis allongé sur la moquette. Je ne pouvais pas me glisser sous le lit. Les pieds étant de quelques centimètres seulement, il n'y avait guère d'espace que pour un bras. Je n'en demandais pas davantage. J'ai placé trois bandes de sparadrap résistant à l'eau sur l'appareil. J'ai passé la main sous le lit. J'ai cherché la jonction entre un montant et une traverse pour éviter que l'objet ne soit trop secoué et j'ai collé le tout soigneusement. J'ai vérifié la solidité de l'ensemble, puis j'ai appuyé sur le bouton d'écoute. J'ai mis la puissance à fond.

À l'autre bout, chez moi, l'autre boîtier était allumé. Il n'y a pas eu d'effet. L'autonomie étant courte, de l'ordre de quelques heures, je ne risquais pas grand-chose. Il pouvait peut-être y avoir quelques crachotements, des grésillements ou de l'écho. Un temps d'utilisation réduit suffirait. Je suis passé dans l'autre chambre, comme mû par un aimant. J'ai regardé le lit ouvert plus largement que l'autre fois. J'ai cherché son parfum à elle sur l'oreiller. Et ailleurs.

Je suis parti très vite, un peu honteux de mon attitude et de mes gestes. Il y avait à dire et je le savais très bien. En revenant, j'ai traînassé. Une fois rentré, je me suis demandé si je n'avais pas souhaité qu'ils arrivent et me surprennent.

Je me suis planté devant l'autre appareil. J'ai branché le magnéto. Je n'entendais rien, à part un fond d'ambiance qui ne demandait qu'à être meublé de bruits et de voix. Et ça n'a pas tardé. Ils se sont pointés dans le quart d'heure suivant.

D'abord, il y a eu des bruits métalliques diffus, lointains puis des bruits de pas en bas qui ont envahi l'escalier, ensuite la chambre. Le son est passé sur le feutré, moquette oblige. Des froissements de vêtements. De l'eau qui coule. Des portes qui claquent.

Puis il y a eu une séquence que je n'ai pas pu expliquer sur le coup. Aujourd'hui, je sais. J'ai entendu des allées et venues, des frottements, une respiration puis plus rien du tout pendant deux minutes, avant que le film ne redémarre.

Elle a demandé :

— Qu'est-ce que tu veux ?

Lui, je ne l'ai pas entendu répondre. Le lit a grincé. L'eau coulait plus fort. Des gémissements comme si la bouche d'où ils sortaient était enfoncée dans les draps. Des petits coups frappés sur le bois du lit. Un souffle qui s'accélère.

Elle a dit :

— Non pas ça, non !

Elle a répété ces mots mais plus distinctement comme si elle s'était rapprochée par hasard de l'appareil d'écoute. Elle devait avoir changé de position sur le lit. On aurait dit qu'elle était au bord des larmes. Des froissements encore, un mouvement régulier et des souffles courts. Mais plus un mot venant d'elle. Aucun de lui sur la bande. Dommage. Un mutisme cynique, ai-je pensé. Ce qui ne m'étonnait pas de lui.

Ensuite, ils ont dû descendre dîner. Des pas ont décru dans l'escalier. Le calme est revenu à l'étage. Il y a eu des conversations étouffées. On aurait dit la télévision. Puis plus rien.

Je suis sorti. Je me suis glissé jusqu'à la clôture. Ils étaient tous les deux dans le salon. Je voyais les éclats colorés de l'émission qu'ils regardaient. J'ai regretté qu'ils n'aient pas eu envie de monter à nouveau dans la chambre.

J'aurais bien voulu en entendre davantage mais, pour ce que j'envisageais de faire, j'avais récupéré le matériel nécessaire.

XX

Je me suis enfermé dans mon ancienne chambre, celle qu'on m'avait octroyée quand j'étais gamin. C'était une pièce située sous les combles, toute en longueur et mansardée, avec une poutre apparente. Pour seule fenêtre, il y avait un Velux que j'ouvrais en grand pour que la musique à fond envahisse le quartier. Je pensais attirer les filles avec ma collection de quarante-cinq tours, et c'est vrai que ça marchait pas mal.

Ma mère appelait ça une musique de nègres et elle criait dans l'escalier jusqu'à ce que je baisse le son. J'acceptais d'être plus sociable un moment, par jeu, par tactique, avant de faire gueuler la chanson suivante au grand dam de mes parents. Encore que mon père ne me reprenait là-dessus que poussé par ma mère. À table, il me tançait un peu, plus pour satisfaire sa femme que pour me faire des reproches. De toute manière, le bruit ne l'atteignait pas. Il était souvent absent quand je laissais libre cours à mes choix musicaux.

Je crois qu'il avait mieux à faire à cette époque. Il rentrait tard et je me posais des questions sur ses absences.

Je n'ai jamais trop su ce qu'il faisait de son temps volé, mais je l'imaginais souvent en belle compagnie. Je croyais déceler les signes d'un adultère régulier sans en avoir la preuve. Cela m'était égal d'ailleurs parce que je ne plaignais pas ma mère. Son amour pour moi était quasiment nul et le lien de sang inexistant ne m'incitait guère à la plaindre ou à la défendre.

Je ne pouvais pas recevoir les filles chez moi. Ma mère ne supportait pas les visites. Elle ne supportait rien venant de moi non plus. Donc je faisais hurler le Teppaz, la fenêtre ouverte, et si l'une ou l'autre souhaitait me voir, elle se plaçait sur le champ d'en haut. Je la voyais et j'interrompais la chanson pour le plus grand bonheur de ma mère.

Je filais à l'anglaise et j'allais vivre ma vie d'adolescent jusqu'au soir. Et si l'une ou l'autre se laissait faire, je lui faisais l'amour, puis on parlait de plein de choses avant de se faire des promesses qu'on ne tiendrait pas. Si j'avais la chance de rentrer juste avec mon père, j'évitais les remontrances et je pouvais m'éclipser du repas pour remonter dans mon pigeonnier rêver de femmes dociles et infidèles.

J'ai repris l'enregistrement par le commencement. Je ne pouvais pas utiliser les bruits du début qui n'étaient en fait qu'une entrée en matière. Le deuxième temps, celui que je pouvais expliquer à ce moment-là, n'était pas plus intéressant. Je me suis arrêté sur sa question à elle.

— Qu'est-ce que tu veux ?

La voix était forte, distincte et l'interrogation réelle, mêlée de crainte. S'ensuivait un grincement de lit bien net. J'ai gardé aussi les gémissements, les petits coups frappés sur le lit et le halètement. Enfin, j'ai pris sa seconde phrase à elle :

— Non pas ça, non !

J'ai séparé chaque morceau en séquence indépendante, puis j'ai cherché à les assembler. J'ai placé les petits coups sur le lit en tête comme ouverture, doublé la question en intercalant les gémissements, triplé la phrase de refus en l'habillant de souffles courts avant de mettre le tout en boucle.

Je me suis passé l'enregistrement trafiqué au casque pour recaler les plages sonores, puis je l'ai écouté avec les enceintes, assez fort mais fenêtre fermée. L'effet était saisissant. On aurait dit la bande-son d'un film un peu coquin.

Ensuite, j'ai préparé une seconde séquence ne comportant que les deux phrases sans bruitage avec une accélération progressive de la vitesse de défilement rendant le son nasillard. J'ai jugé que le matériel était prêt à l'emploi. Mon but était de lui faire peur, de lui montrer que je pouvais être aussi retors que lui et que, s'il m'espionnait, j'étais tout à fait capable de faire aussi bien que lui. J'escomptais sur la diffusion du document pour qu'il baisse pavillon. Je voulais poser ça comme un avertissement, l'expression d'un rapport de force disant de ne pas aller trop loin. Ce en quoi, je me gourais complètement.

J'ai traîné mes grosses enceintes dans le jardin. J'en ai placé une à la clôture donnant sur la rue. Je l'ai dirigée vers le paquet de maisons habitées par les pipelettes de service et accessoirement vers la propriété de l'adjudant. L'autre, je l'ai tournée de manière à en faire profiter mon cher voisin. J'ai déroulé un câble électrique pour les alimenter. J'ai rapproché ma console pour envoyer la purée et j'ai attendu.

Ce que je voulais faire, c'était mettre le quartier au courant des ébats de mes voisins, en laissant croire qu'ils leur faisaient un pied de nez. J'imaginais les commères privées de sexe et d'amour depuis des lustres entendant ça. Je voulais foutre le bordel dans la vie de mon voisin, briser son arrogance, sa façon qu'il avait de me toiser et celle qu'il avait de traiter sa femme. Je m'arrogeais le droit d'un suzerain sur son vassal. J'avais envie de dominer, d'être et de posséder. Je m'étais senti sali par ces photos volées et, même si elles étaient la preuve de ma virilité et de mon ardeur, je n'avais pas pardonné le geste.

Je me suis décidé.

J'ai mis à fond. J'ai diffusé la séquence. Une fois. Deux fois. Des lumières se sont allumées un peu partout. J'ai entendu des fenêtres s'ouvrir. J'ai remis la sauce puis j'ai envoyé le deuxième morceau avec les deux phrases se bousculant. J'ai fini avec un retour sur les toutes premières minutes avec des bruits de pas et j'ai réduit le son comme un disque qui se termine.

Sur la placette, j'ai aperçu des ombres. J'ai remballé mon matériel. J'ai filé dans le noir vers la maison. J'ai tout remis en place et planqué tous les enregistrements. J'avais peur que l'adjudant m'envoie les gendarmes.

J'avoue que je me suis couché avec le sentiment du devoir accompli. Je baignais dans une sorte de plénitude. Pourtant, mon acte relevait d'une plaisanterie de potache et il ne cherchait pas à avoir d'envergure. On m'a dit plus tard que j'avais cherché à faire du mal par cet acte-là. Aujourd'hui, je dis que ce n'était pas faux.

XXI

J'imaginais bien que mon coup d'éclat allait faire parler. Entendre hurler une sono à dix heures du soir n'était pas dans les habitudes de notre village. Il y avait bien eu une rave pas loin, mais elle s'était déroulée chez les autres, ailleurs. On avait entendu parler de débordements. On avait brodé sur une sexualité débridée associée à la drogue et à l'alcool, sans connaître la réalité des faits. Il y avait bien eu quelques agriculteurs s'estimant lésés pour parler de leurs déboires et réclamer à cor et à cri des réparations financières de l'état providence. Et le soufflé était retombé parce que l'intérêt des masses s'était déplacé sur un autre sujet.

Le lendemain matin, j'ai décidé d'aller flâner un peu sur la place, histoire de prendre la température après ce début de nuit agité. Il me fallait être crédible dans mon attitude. Pas question de débarquer comme ça au milieu de la place et de demander au premier venu ce qu'il pensait de la séquence son sans lumière. C'eût été la meilleure façon de me désigner à la vindicte populaire et ce n'était pas ce que je souhaitais le plus.

D'ailleurs, les gens du quartier ne m'aimaient pas. Je ne les aimais pas non plus. Ils me craignaient plutôt. J'ai donc ramassé quelques vieilles bouteilles pour avoir de quoi m'attarder auprès des conteneurs. J'ai placé des vieux journaux dans la brouette et j'ai rassemblé des détritus pour remplir un sac-poubelle.

Ensuite, je suis descendu de chez moi en tenant la brouette et en évitant surtout de me presser. Pour faire des rencontres intéressantes, je devais prendre mon temps. En filant vite et tête baissée, je n'avais aucune chance d'accrocher un flâneur en mal de discussion.

En arrivant sur la route, j'ai tout de suite jubilé en voyant que le comité d'accueil était déjà en place. De loin, j'ai identifié la vieille aux chiens baveux, Arsène et l'autre voisin abandonné par sa femme. Il y avait aussi une aide-ménagère un peu demeurée qui s'affublait toujours de vêtements moulants aussi bien pour le haut que pour le bas. Ses frusques lui donnaient des airs de Bibendum féminin, encore que la question de la féminité ne se posait plus pour elle. Ce singulier équipage se rassemblait rarement. L'un parlait à l'autre mais en l'absence du troisième, afin de pouvoir l'habiller pour l'hiver. Il suffisait ensuite de changer de participants pour gloser sur l'absent. C'était un jeu sans fin, occupant les journées trop longues de retraités ne sachant pas quoi faire de leur précieux temps.

L'adjudant ne s'était pas mêlé à la populace. Il n'était pas de ce monde-là. S'il résidait en ce lieu, ce n'était que parce que sa femme y avait hérité d'un bien. Lui venait d'une ville de garnison où avaient vécu ses parents et il n'avait d'attache que dans l'armée. Il suivait la scène, planté à la lisière de son jardin. Je le voyais souvent en fin d'après-midi, immobile à cet endroit et raide comme la justice. Il avait l'attitude d'un gradé passant les troupes en revue. Peut-être imaginait-il les spahis défilant au pas sur la place. Il avait toujours un rictus lui mangeant le visage. C'était un homme sans plaisir, sans bonheur. Quelqu'un qui vivait la rigidité comme une ligne de vie.

J'ai vu tout de suite qu'il jouait de sa badine, ce qui indiquait son irritation. Il ne se séparait pas de ce bâton de maréchal à la petite semaine qui lui conférait un semblant de pouvoir. Vanité.

Je me suis approché à mon rythme pour ne rien perdre du moment. Je me suis dirigé vers les poubelles en tout premier lieu. La vieille aux chiens s'est approchée avec ses molosses tandis que les autres observaient la scène. On aurait dit qu'elle était mandatée pour venir aux nouvelles. Je suis certain qu'elle trouvait du plaisir à oser. Je passais pour un mal embouché.

Elle a demandé, les yeux plissés comme un chat :

— Tu as entendu le boucan hier soir ?

J'ai été volontairement laconique.

— J'ai entendu, ai-je répondu.

Elle a paru surprise comme si elle s'attendait à un éclat de ma part.

— C'est pas toi ?

— Moi quoi ?

— Ben qui a fait ce raffut. Mes chiens ont été réveillés !

— J'ai entendu crier. Comme toi, je suppose. La voix de ma voisine, je crois…

Elle a mis ses poings sur ses hanches.

— Crier ? Elle avait p'têt du plaisir avec son mari !

— Je n'ai pas fait attention à tout.

— Moi si. Ils ont recommencé d'ailleurs ! Tu es à côté. Tu as dû entendre mieux que moi encore.

J'ai voulu botter en touche.

— Moi, tu sais, les affaires des gens…

Elle a tiré sur la laisse des chiens. Elle a reniflé puis elle a continué :

— Il est passé tout à l'heure !

— Qui ça ?

Elle a fait des gestes en direction de chez eux.

— Ben lui ! Son mari à elle ! Il a l'air en colère, tiens ! Il m'a fusillé du regard et il m'a fait un coup de menton comme pour que je ferme ma trappe !

— Il se croit tout permis.

— J'en ai rien à faire de lui. J'ai pas peur.

— Comme moi !

— N'empêche qu'on n'a pas envie d'entendre leur vie intime si fort. C'était pour nous narguer, c'est sûr.

Elle m'a regardé fixement.

— À moins que c'était pour toi, tout ça.

— Pour quelle raison ?

Elle a haussé les épaules.

— Sa femme peut-être…
— Sa femme ? Pour quoi faire ?
— Pfut ! Ce que tu fais aux autres, pardi !

Elle est partie en trottinant, ses chiens l'encadrant comme des gardes du corps. Elle a rejoint les autres. Ils ont parlementé en me jetant des regards dérobés. Je n'ai pas fait cas de ça. J'ai continué à débarrasser la brouette, puis j'ai traversé la place pour aller jusqu'au conteneur réservé au verre.

J'ai eu envie de ne pas passer trop vite pour le coupable idéal et je me suis redressé en toisant le quarteron de ragoteurs. Mon attitude les a mis mal à l'aise. Ils ont pu craindre que je vienne les apostropher. Du coup, l'aide-ménagère est partie la première en tirant des bords. Les autres se sont éloignés en direction du préau réservé aux jeux de boules. Mais pas trop loin.

À ce moment-là, l'adjudant qui suivait le déroulement des opérations, a ouvert le petit portillon de fer forgé séparant son jardin de la voie communale et il est venu vers moi d'un pas très décidé. D'un geste militaire hérité de l'école de guerre, il se frappait le mollet droit de sa badine flexible. Il portait des chaussures parfaitement cirées qui crissaient à la marche, un pantalon de cavalier et des guêtres coloniales.

Il m'amusait avec ses airs de militaire désuet. Il me faisait moins rire quand il m'apostrophait parce qu'il n'avait jamais un mot positif. Tout allait toujours de travers. Il avait des griefs contre tout et envers tout le monde.

J'ai supposé que ça allait être ma fête. Je ne m'étais pas trompé.

— Dites donc, vous ! m'a-t-il dit en levant sa badine, vous dérangez les honnêtes gens avec votre boîte à musique. Quel besoin de faire hurler cet engin à des heures indues ! Décidément, vous ne respectez rien !

Je me suis défendu :

— Qui vous dit que j'en suis le responsable ? J'ai entendu une voix qui criait dans la nuit. Ce n'était pas la mienne, que je sache !

— C'était celle de la dame de votre voisin, je le sais bien. Et vous également ! Je ne sais ce que vous fricotez avec elle, mais vous n'avez pas le droit de nous y mêler !

— Fricotez ? Comme vous y allez !

— Je sais très bien ce que je dis !

— Et mon voisin, vous ne le soupçonnez de rien, lui ?

Il a redressé la tête comme pour rectifier la position.

— Je n'apprécie pas spécialement cet individu mais je lui rends son salut. C'est la moindre des choses. Vous, c'est pire. Vous cherchez des chicayas sans arrêt. Et vous tirez des coups de fusils comme les cavaliers marocains abrutis par la fantasia !

— Balivernes !

Il s'étrangla.

— En plus, vous n'admettez rien ! Vous êtes un homme dangereux et…

— Je n'ai pas l'habitude de céder un pouce de terrain. Vous allez encore appeler vos chers collègues de la maréchaussée à la rescousse, je suppose ?

Il s'est redressé sur ses ergots.

— Affirmatif ! Vous troublez l'ordre public. J'ai une obligation morale de dénoncer les trublions dans votre genre.

— Vous voulez me faire enfermer, c'est ça ?

— C'est la meilleure solution pour préserver les honnêtes citoyens de vos actes dangereux !

— Et vous allez leur dire quoi aux archers ?

Il a bredouillé :

— Eh ben, ben…

— Que vous avez entendu nos voisins faire l'amour un peu trop fort ? Ils vont bien se marrer, les gendarmes !

Il a levé sa badine sur moi sans l'abattre, mais le geste ne faisait aucun doute. La scène était saisissante et sans ambiguïté. Au bout du parking, le groupe de ragoteurs n'en avait pas perdu une miette. Ils avaient de quoi tenir plusieurs jours avec ce qu'ils venaient de voir.

Je suis passé devant eux en poussant ma brouette, l'air très digne d'un être blessé dans son amour-propre.

Après les avoir laissés derrière moi, je me suis mis à rire sous cape. Les discussions allaient enfler. L'altercation avec l'adjudant en retraite ne manquerait pas d'être relatée avec force détails et présentée d'une manière subjective pour peu qu'on me fasse crédit ou que l'on me déteste.

En remontant le raidillon menant chez moi, j'ai vu que la voiture d'Alice était dans la cour. Puis je l'ai vue elle. Elle m'attendait dehors. J'ai posé la brouette au coin de la maison et je suis venu vers elle rapidement. Il y avait quelque chose de cassé pour qu'elle ne soit pas auprès de ma mère.

Maman ! J'ai pensé au pire. Elle était décédée en mon absence et Alice l'avait trouvée morte... Et moi, je n'étais même pas là. J'ai compris qu'il n'en était rien quand je l'ai vue brandir une enveloppe de papier kraft. Quelque part, j'ai été rassuré.

— J'ai reçu les photos ce matin, a-t-elle dit quand je l'ai rejointe.

— À ton nom ou...

— La lettre m'est adressée personnellement. Il y avait un mot dedans.

Elle a sorti la feuille de papier et elle l'a dépliée du bout des doigts comme s'il s'agissait d'un objet dangereux. La lettre était composée de caractères d'imprimerie découpés dans un journal et collés à la va-vite.

Le message était clair. Il donnait l'ordre à Alice de se faire remplacer auprès de ma mère, donc de ne plus venir chez moi, sinon l'album photos serait remis directement à son mari.

Elle m'a pris le bras. Une pointe de déception dans la voix, elle a dit :

— Cette fois, je n'ai plus le choix. Je ne viendrai plus. Je vais me faire remplacer

— Tu as fini les soins d'aujourd'hui ?

— Oui. Je vous attendais avant de m'en aller.

J'ai joué mon joker.

— Tu rentres un moment quand même ?

Elle a secoué la tête.

— Je n'aime pas les adieux.

— Qui te parle de ça ? On se reverra plus tard.

Je ne sais pas pourquoi mais j'ai ajouté :

— Quand tout sera fini.

Elle m'a offert un regard si doux que je ne l'ai jamais oublié.

Elle s'est rangée de mon côté en disant :

— Vous avez raison.

Et elle m'a suivi à l'intérieur. Ce qui s'est passé ensuite, je ne l'ai pas oublié non plus. Vous ne pouvez pas comprendre…

XXII

Et la machine s'est emballée.

Le destin a frappé à ma porte et moi, comme un con, j'ai suivi le mouvement. Dans le fond, j'en avais rien à faire de cette histoire. Et pourtant, j'étais en plein dedans. Il avait suffi d'une femme étrange, abandonnée sous la pluie comme une belle plante jetée aux orties, pour que je réagisse, que je transgresse et que je parte en *live*. À vomir quand j'y pense.

C'est vrai que, si je ne l'avais pas rencontrée à côté des poubelles, jamais je ne serais entré dans ce trip d'enfer. Et je ne savais même pas que les quilles allaient tomber l'une après l'autre pour rougir le tapis.

Le premier épisode après l'histoire des photos, ça a été la réaction au spectacle son sans lumière. J'imaginais bien que le quidam d'à côté n'allait pas en rester là.

Pour ma part, l'enregistrement n'était qu'un retour normal à l'album de photos mais, pour tout vous dire, je savais bien que je ne faisais qu'envenimer les choses.

Pour tout arrêter, peut-être, il aurait fallu traiter ça

par le mépris. J'aurais dû me tirer à la ferme de Gwernandour, caresser les génisses la journée et me bourrer de musique la nuit. Et surtout ne plus mettre les pieds chez moi que pour prendre une douche et des vêtements propres.

Au besoin, je serais parti vraiment quelque part pour calmer le jeu. Avec Alice. J'aurais fait une bonne affaire. Elle aussi. Toute seule. Pas sa famille, évidement. Je l'aurais emmenée au-delà des mers dans des lieux que je venais de quitter quelques mois auparavant. Nous aurions eu un statut de couple. Un espoir que je caressais intimement. Je l'aurais briefée sur mes aventures, toutes, pour qu'elle ne soit pas surprise par des allusions désobligeantes. Je lui aurais dit la vérité. Il n'y a que dans les pays tempérés où l'on peut rester en demi-teinte, taire les secrets et vivre quand même.

Mais je ne pouvais pas faire ça. Il n'était pas question de laisser ma mère vivre ses dernières semaines toute seule, abandonnée à son triste sort. Le médecin avait été très clair sur le compte à rebours. Si j'étais rentré pour l'accompagner, ce n'était pas pour filer au moment même où elle allait avoir besoin de quelqu'un auprès d'elle. Ce serait moi comme j'avais dit.

Surtout que je m'étais juré de l'aider à en finir si cela s'avérait nécessaire. Je vois votre air. Ne pensez pas que je me laissais le droit de me venger. Je lui en voulais à ma mère de ne pas m'avoir désiré. Je lui en voulais ensuite de ne pas m'avoir aimé, puis d'avoir applaudi mon départ de la maison comme une délivrance. Mais, de mère, je n'en avais pas eu d'autre. Et même si elle n'avait jamais su être chaleureuse, je lui devais de m'avoir donné un foyer. Je sais qu'elle l'avait fait, contrainte et forcée par mon père, mais elle l'avait fait quand même.

Je me tenais prêt, à l'écoute de sa volonté, et disponible. Je le faisais pour mon père parti trop tôt. Je me disais que, s'il me voyait faire, il serait le premier à m'approuver. Je ne voulais pas avoir à rougir de mon comportement. Je savais que je n'avais pas toujours été à la hauteur et que j'avais l'occasion de me racheter un peu.

La nouvelle aide-soignante avait du poil aux pattes. Elle me jetait des regards torves comme si elle avait peur que je lui saute dessus comme un satyre. J'ai supposé qu'on avait glosé sur les raisons de la démission d'Alice. Peut-être qu'elle-même avait brossé de moi un portrait peu flatteur pour justifier de son remplacement. Je ne lui en voulais pas. J'imaginais bien qu'elle n'allait pas raconter toute l'histoire. La nouvelle n'avait aucun intérêt pour moi. Je savais bien que je n'allais pas pouvoir remplacer Alice par une autre. Nous avions eu une période de débordements délicieux et je ne reniais rien de tout ça. J'en voulais à mort à celui qui avait brouillé les cartes.

Aujourd'hui, je me demande parfois si je n'en étais pas arrivé à souhaiter le chaos, tant ma vie me gavait. Oui, j'ai marché, couru même vers ce destin incroyable. Parce que j'en avais assez.

Un jour, on a entendu la voisine, celle qui possédait les deux molosses baveux, hurler à la mort. Le cri si particulier de quelqu'un qui tombe. Sauf qu'ici la chute n'était pas un simple gadin d'où on revient avec une jambe cassée et des écorchures. Elle était tombée dans son puits.

J'ai fait le tour par la prairie pour aller voir. Erreur de ma part. J'aurais dû passer par la route comme tout le monde. Seulement, de chez moi, c'était beaucoup plus simple. Et j'ai toujours aimé la simplicité. De quoi me planter dans les grandes largeurs. C'est ce qui s'est produit pour cette affaire. Il a fallu un moment avant que je le comprenne.

Toujours est-il que je suis arrivé un peu après les autres dans la cour. Le spectacle était saisissant. Il y avait, face à face, une poignée de voisins et les deux clébards. Les premiers voulaient accéder au puits et sauver la vieille qui se noyait et les autres interdisaient toute approche, persuadés qu'ils étaient de protéger ainsi leur maîtresse.

Les molosses bavaient encore plus que d'habitude et ils n'écoutaient pas les paroles doucereuses de la meilleure copine de la presque défunte. Elle avait beau supplier, ils ne bougeaient pas d'un poil. Les bêtes, c'est comme ça. Elles ne dérogent pas à la règle.

Au bout de quelques minutes, on n'a plus entendu de gémissements. Tout le monde a compris qu'elle s'était noyée au fond de son puits. Les chiens l'ont senti et ils ont pleurniché comme des enfants avant de s'allonger à l'aplomb de la margelle, toujours sans laisser quiconque s'approcher.

J'ai observé. Le gravier beige et ocre entourant le joli puits ancien arborait deux grands traits parallèles s'interrompant brusquement à un mètre de la maçonnerie. Les deux pots de géraniums qui ornaient le puits avaient une position oblique. J'ai supposé que le corps les avait bousculés en basculant dans le vide. À l'évidence, on l'avait poussée.

J'ai tout de suite pensé à mon voisin. La femme aux chiens m'en avait parlé de celui-là, en termes peu élogieux. Il pouvait bien avoir eu envie d'expédier mémère *ad patres*. Une bourrade dans le dos et la voilà partie en chute libre vers l'eau froide. Un plongeon de première tout en étant le dernier. Je le voyais bien la surprendre dans sa cour au moment où elle allait étendre du linge ou chercher des légumes pour la soupe. J'imaginais les chiens à somnoler dans un coin, laissant leur patronne vaquer à ses occupations habituelles.

Et l'autre, il pouvait très bien faire comme moi c'est-à-dire ne pas passer par l'entrée mais faire une irruption aussi rapide que silencieuse par le jardin. Deux enjambées vers le puits et hop. Autant pour disparaître avant que les deux molosses réagissent et le tour était joué. Il faisait un coupable tout indiqué et plausible. J'ai compris qu'il n'était pas le seul quand les gendarmes se sont pointés.

Ils sont arrivés à trois, une heure après le départ de

l'ambulance. J'avais regagné mes pénates assez rapidement.

Je n'ai pas une âme de badaud. Je ne m'intéresse pas à la vie des gens en général. Pour mon voisin, et sa femme, c'était différent. On était en compte.

Curieusement, c'est cette attitude qui m'a desservi. On a trouvé que je n'étais pas resté longtemps sur les lieux. De là à conclure que j'étais satisfait de la mort de cette pauvre vieille, il n'y avait qu'un pas. Surtout que certaines mauvaises langues n'ont pas hésité à préciser que j'étais arrivé après tout le monde alors que j'avais pris un raccourci.

La thèse de l'accident n'a pas été abandonnée mais la piste criminelle a été ouverte. Je faisais un bon sujet d'étude dans la mesure où j'avais titillé l'adjudant en retraite et qu'on me prêtait des attitudes dangereuses. Vous savez, c'était un peu comme le bouc émissaire, le rejet de l'autre, de la différence. Un sentiment qui marche du tonnerre quand on veut.

Je venais de revenir au pays. J'avais une réputation sulfureuse de non-conformiste, d'expatrié libertin, de casseur de ménages. Voire d'autonomiste incendiaire. Ils avaient aussi en souvenir ma jeunesse de brise-fer, de voleur de pommes, de garnement intenable. Et puis, on voulait s'approprier les terres pour avoir plus, se venger de ma mère en récupérant un peu des biffetons qu'elle et sa famille leur avaient pris pendant l'Occupation. Que sais-je encore ? Des motivations inavouables mais banales à souhait.

Toujours est-il que les gendarmes m'ont posé un tas de questions. Ils voulaient savoir si j'étais en bons termes avec la vieille. Si ma mère, elle aussi. Si, si, si…

Ensuite, ils m'ont asticoté sur le chemin que j'avais choisi pour aller sur les lieux du drame. Ils m'ont suggéré que je pouvais avoir eu envie d'éviter les chiens et que c'était curieux d'arriver à la fumée des cierges alors que j'aurais dû, naturellement, être le premier à la course.

Ils ont demandé si quelqu'un m'avait vu juste avant le premier cri. Si je n'étais pas déjà dans la prairie.

Il me fallait un alibi, en somme.

Le coupable revient toujours sur les lieux de son forfait, c'est bien connu.

Ils m'ont écouté, je ne dirais pas religieusement, mais quand même avec une grande attention. Je voyais bien que mes réponses ne les satisfaisaient pas vraiment. Donc, ils relançaient sans cesse pour me faire tomber.

Eux aussi auraient bien voulu me coller contre le mur. Vous pensez, un drame rural. Une vieille dame respectable poussée dans un puits par un loup solitaire. Page spéciale dans le journal local. Les enquêteurs perspicaces bombant le torse. De quoi se goinfrer de félicitations et d'avancement.

Je ne leur ai pas parlé de mon voisin que je voyais bien coupable d'avoir rincé la mémé à l'eau froide. Je ne suis pas une balance.

J'espérais quand même qu'ils allaient lui poser des questions à son tour. Je jubilais presque de l'imaginer en difficulté devant les représentants de l'ordre. Lui, si imbu de sa personne.

Je souriais encore. Je ne voyais pas le danger.

XXIII

Elle s'est pointée en début d'après-midi.

Je m'étais assis sur le banc de la cour. Je venais juste de finir mon café quand j'ai entendu le bruit d'une course effrénée dans le jardin. Je connaissais ce genre de rumeur pour l'avoir vécue lors de safaris. Quand la bête charge, elle communique la course par le sol et elle fonce à travers les feuillages.

Là, c'était pareil. J'entendais le martèlement des pas et les branches qu'on bousculait. Mais je n'ai pas eu longtemps à attendre avant de m'apercevoir qu'il ne s'agissait pas vraiment d'une bête fauve. Encore que.

Elle a débouché dans la cour, les cheveux en bataille, le corsage déboutonné. Je voyais très bien la dentelle des bonnets de son soutien-gorge et la peau tendre séparant ses seins.

J'ai eu un choc forcément. Il ne m'a fallu qu'une seconde pour la revoir étendue sur le ciment du garage. Surtout qu'elle portait la même jupe. Comme par hasard.

Elle avait la joue gauche enflée et très rouge, comme enflammée par la piqûre d'une guêpe. Contraste avec l'autre joue lisse et laiteuse.

J'étais là comme un imbécile, pétrifié, ma tasse de

café à la main à regarder cette femme étrange qui se jetait dans ma vie comme si elle n'avait pas d'autre issue pour sauver la sienne.

Elle m'a dit :

— Il m'a frappé.

Elle a repris son souffle et elle a ajouté :

— Il m'a frappé plusieurs fois, il y a un quart d'heure de ça. Et il est parti furieux en faisant ronfler son moteur.

Puis elle m'en a rendu responsable.

— C'est de votre faute aussi !

— Ma faute ?

— Vous lui avez envoyé les gendarmes. Il n'a pas beaucoup aimé.

Je me suis étonné.

— Les gendarmes ? Mais pourquoi ?

— Ils sont venus lui demander s'il connaissait la vieille, celle qui est tombée dans son puits.

Je me suis défendu.

— Je n'ai rien à voir avec ça !

— Il est persuadé du contraire. Il a dit que vous vouliez l'impliquer dans ce drame. Un assassinat, d'après les gendarmes. Je voulais vous prévenir. Il est entré dans une colère noire.

— Justement, je ne leur ai rien dit. Même si…

— Même si ?

— La morte disait haut et fort que votre mari l'insultait, la menaçait. J'aurais pu l'indiquer aux gendarmes. Mais je ne l'ai pas fait.

— Je veux bien vous croire. Les gendarmes n'ont fait qu'un travail de routine. C'est ce que je lui ai dit. Il n'a pas apprécié que je prenne votre défense. Il m'a retourné quatre ou cinq baffes pour me punir.

— En effet, je vois votre joue.

Elle a levé la main à frôler sa peau endolorie.

— Ma joue est bouillante. Je sens le sang qui bat la chamade. Mais ça passera.

— Vous allez y retourner ?

— Chez lui ?

— Vous pourriez vous en aller. Disparaître maintenant, là, tout de suite. C'est ce que vous vouliez faire quand je vous ai vue sous la pluie, non ?

Elle a usé de sagesse tout en relevant fièrement la tête. Son buste suivait agréablement.

— Pour l'instant, je vais repasser de l'autre côté. Il va rentrer tout à l'heure. Il sera calmé, j'espère. Je n'ai pas les moyens de m'enfuir. Surtout qu'il me faudrait partir loin pour être sûre de ne pas le revoir.

J'avais une furieuse envie qu'elle se décide à briser ses chaînes. J'étais prêt à l'aider, à la protéger, à agir pour elle contre l'énergumène. Folie.

Je lui ai proposé :

— Pourquoi ne pas essayer maintenant ? Je suis là.

— C'est impossible. S'il me retrouve, il me tuera. Et il vous tuera aussi. Il en a déjà parlé.

C'était faire honneur à mon pouvoir de nuisance.

— De me tuer ?

— Il pense que vous m'aviez donné rendez-vous, ce jour de pluie. Votre présence ne pouvait pas être due au hasard selon lui. C'est un peu de ma faute.

— Vous vouliez vous échapper. Je me suis trouvé là. Si j'avais su…

— Il vous en veut depuis. À mort ! Surtout que vous lui avez mis les pieds dans la peinture.

— C'est lui qui vient m'épier jusque chez moi ?

— Il adore ça, surprendre les gens dans leur intimité. Il regarde, il écoute.

— Jusqu'à prendre des photos !

Elle n'a pas réagi comme si cette précision ne lui disait rien. Il avait pu s'en cacher. Je n'ai pas insisté.

— Il se demande comment vous avez pu faire pour nous enregistrer. Il pense que vous avez fait comme lui, que vous étiez là, tout près.

Je n'ai pas voulu expliquer. Je me suis contenté de la conforter dans son hypothèse.

— C'est ça. Il fallait être tout à côté.

J'ai pensé qu'il fallait user de politesse. Après tout, c'est lui que je visais. Pas elle.

— Excusez-moi.

— De quoi donc ?

— D'avoir diffusé votre voix !

Elle a remonté le bord de son chemisier sans le reboutonner.

— Ce n'est rien. Il n'a que ce qu'il mérite. Croyez-moi, c'est encore peu par rapport à ce que ça devrait être ! Vous ne le connaissez pas.

— Il lève souvent la main sur vous ?

— Il me bat comme ça lui prend. Il paraît qu'il y a beaucoup d'hommes qui font ça. Je subis. Je n'ai pas le choix.

— Demandez le divorce !

Elle soupira.

— Nous ne sommes pas mariés.

Je croyais avoir entendu le contraire. Son aveu m'éclairait davantage. Elle n'avait rien à elle et, si elle partait ou s'il la jetait dehors, elle n'aurait aucun moyen de subsistance. En plus de la peur de le revoir.

Elle était donc venue frapper à ma porte. D'abord pour me prévenir des mauvaises intentions de son compagnon. Et peut-être aussi pour trouver une porte de sortie au final. Je me sentais prêt à lui offrir ce qu'elle attendait. Pas sans vigilance. L'autre voulait ma peau, mais je préférais faire le boucher que le veau. Je venais là de décider qu'il y passerait avant moi. C'est drôle comment viennent les idées de meurtre. Comment aussi le passage à l'acte peut s'imposer, devenir naturel, essentiel, incontournable. J'étais en train de basculer et je n'avais pas le moindre scrupule.

Alors que j'étais déjà sur un nuage, elle m'a dit :

— Il faut que je parte maintenant. Je reviendrai.

D'une voix chaude, elle a ajouté :

— Faites bien attention à vous.

XXIV

Après avoir joui de la considération que mon voisin avait à mon encontre, je me suis mis à réfléchir. Je n'avais rien d'autre à faire que me brancher sur leurs ondes à tous les deux. Pour l'une, c'était avec beaucoup de compréhension. Pour l'autre, ce n'était rien d'autre que de la haine.

Elle m'avait foutu le feu au corps en débarquant comme ça dans ma cour. C'était un geste que je n'imaginais pas mais, puisqu'il s'était produit, j'avais l'envie forte de le capitaliser. Elle m'appelait au secours. Je ne pouvais pas rester insensible à son cri. La rencontre aux poubelles était bel et bien due à un hasard contrôlé. Je me suis dit, un peu faussement, qu'elle m'avait choisi. Ce n'était pas rien d'avoir la responsabilité de soustraire une femme battue aux soumissions dégradantes d'un conjoint violent.

Je revoyais ses yeux humides et beaux quand l'autre était en train de fouiller son corps étendu sur le ciment du garage. Je revoyais ses jambes pliées et l'ombre à peine pudique jetée sur son intimité. Je maudissais l'acteur tout en le suivant en mouvement.

J'avais l'indécence de le jalouser, mais je ne pouvais pas me résoudre à le condamner complètement.

Je m'avouais secrètement que j'aurais voulu être à sa place. Une scène comme celle-là était superbe pour un voleur d'images, mais elle valait son pesant d'or pour les participants. Je l'entendais encore ahaner tandis qu'elle gémissait en superbe martyre. Et moi, le spectateur secret, ils m'avaient laissé à l'écart. J'en étais frustré.

Lui, je le vomissais parce qu'il mettait obstacle au meilleur des choses. Mais je le respectais quand même en tant qu'adversaire. Son inventivité le hissait à ma mesure. Le fait qu'il ait envie de me supprimer me donnait encore plus de pêche. Nous allions en découdre vraiment. Je ne doutais pas de l'issue. Je la voyais fatale pour lui. À ce moment-là, je n'imaginais même pas les conséquences de mon geste. Je risquais la mort parce qu'il allait se défendre comme un beau diable et, si j'avais la chance de passer au travers, la justice m'attendrait au petit-déjeuner.

Je crois que je m'en foutais royalement. J'étais arrivé à un point tribal en quelque sorte. La vengeance et la justice étaient retournées à l'origine du monde. Loi du Talion. *Struggle for life*.

Je crois aussi que j'avais envie de jeter ma vie aux orties. Sortir par le haut par un coup d'éclat. Exister quelque part pour quelqu'un. Je n'avais rien fait de ma vie que courir le monde dans des boulots douteux où la force primait sur le droit. Je n'avais pas de famille, pas de descendance reconnue. Il me restait une mère qui n'était pas la mienne, une maison qui était encore la sienne. Je n'avais d'histoire que celle que je m'étais forgée et je n'avais plus aucun moyen d'en connaître la vraie.

Vous allez dire que je tire sur la ficelle pour émouvoir dans les chaumières. Je sais que j'en ai toujours fait un peu trop, mais quand même, si j'avais tout su de mes origines et vécu dans une famille sans histoires, je n'en aurais pas fait moi-même. C'est comme ça.

Toujours est-il que j'ai phosphoré pour trouver le meilleur moyen d'éliminer mon voisin. Un devoir moral envers sa femme, et tant pis si je devais payer les pots cassés. Je comptais sur mon intelligence pour passer entre les mailles du filet au final.

Je me suis dit que la première chose était d'utiliser le décor. Nous étions mitoyens. De quoi créer des liens, des passerelles et des solutions criminelles.

À ce stade de ma réflexion, je n'étais pas rendu au bord du précipice. Il me restait encore un brin de jugeote pour avoir dans l'idée de maquiller l'exécution de la brute en accident domestique.

Je me suis donc tout naturellement dirigé vers la clôture. Je suis resté en retrait pour que l'autre ne me voie pas. Je ne savais pas s'il était rentré. Je ne voyais aucun mouvement, ni dehors ni dans la maison.

L'eau de la piscine était animée par un petit vent rasant. À l'extrémité, il y avait son bain de soleil à elle. Une sorte de dinosaure tapi à côté d'un point d'eau.

Je l'avais vue, elle, allongée sur ce truc en plastique un jour qu'il faisait grand soleil. Je crois bien qu'elle avait entendu le bruit que j'avais fait dans le feuillage. En tout cas, je l'ai supposé en la voyant faire. Tout de suite après, elle avait ôté son haut de maillot et elle l'avait laissé tomber négligemment sur le pavement. Ensuite, elle avait roulé son slip de bain pour n'en laisser qu'un bandeau. Elle s'était allongée pour prendre le soleil. Partout.

J'étais resté là. Il n'y avait aucun bruit. Si j'avais voulu m'en aller, elle en aurait été avertie. Dans le fond, j'étais bien content d'être contraint à cet immobilisme délicieux.

Puis, la fille de l'autre s'est pointée. Je l'ai vue derrière la baie vitrée. Elle avait l'air de vociférer. Je n'entendais pas ce qu'elle disait. La belle plante au soleil non plus. L'héritière faisait des gestes, stigmatisait du doigt l'indécence.

Du coup, lui, il a fait glisser la porte-fenêtre et il l'a engueulée. Il lui a dit qu'elle n'avait qu'à enlever le reste, qu'elle se donnait en spectacle, qu'elle n'était qu'une traînée. Et cætera.

Il a continué comme ça pendant un moment. J'ai trouvé, à l'intonation de sa voix, qu'il n'y mettait pas beaucoup de conviction. Je l'ai soupçonné de forcer le trait pour satisfaire sa fille qui jubilait derrière lui. Elle ne pouvait pas blairer sa belle-mère et elle le faisait savoir. Elle marquait son territoire pour bien indiquer à l'autre qu'elle n'était là que de passage. Le moment venu, la fille s'allongerait sur le bain de soleil en propriétaire.

Justement, j'y ai pensé à la piscine. Y mettre un produit mortel, ce n'était pas une bonne solution parce que lui n'y plongeait guère, même pas les pieds. Il fallait vraiment une journée de canicule pour le voir faire quelques timides brasses. Je le soupçonnais de ne pas bien savoir nager ou d'avoir peur de l'eau. La baignade n'est pas dans la culture de tout le monde. Je me souviens bien que, dans ma jeunesse, les ruraux de mon âge n'étaient pas intéressés par les bains de mer. Ils venaient avec nous mais ils restaient souvent sur le sable sans ôter leur pantalon, sans même se découvrir, attendant patiemment le moment de rentrer. Chacun son truc.

Donc pour le noyer dans la piscine, il fallait attendre les beaux jours. J'ai jugé que je n'avais pas le temps. Le pousser dedans était une autre solution, mais je ne pouvais pas le faire sans la complicité de sa femme. Et je ne voulais pas l'impliquer là-dedans.

Vous remarquerez mon altruisme, mon grand cœur, mon esprit chevaleresque. Je voulais lui épargner les suites puisque, si j'agissais pour tuer son mari, c'était bien pour la libérer, elle. Je devais la laisser en dehors de ça.

Et puis, une fois poussé à la baille, il pouvait réussir à s'en sortir. Il en était bien capable. J'avais en tête le film avec Alain Delon et Romy Schneider. Dans "La Piscine", Maurice Ronet y restait au final mais le personnage joué par Delon avait forcé la dose.

Je ne me voyais pas en capacité de faire la même chose. L'autre était autrement musclé. S'il s'en sortait, j'avais toutes les chances de finir mal. Mort de chez mort.

Je n'avais pas trop envie non plus d'un affrontement frontal. À quoi bon puisque je pouvais m'arranger pour lui concocter une fin plus subtile tout en limitant les risques. J'ai donc remis à plus tard cette histoire d'eau.

Je n'ai pas abandonné l'idée de l'empoisonnement. Si je pouvais lui faire absorber du produit pour tuer les taupes par exemple, il y passerait en deux coups de cuillère à pot.

Le hic c'était que l'autopsie révélerait immédiatement l'ingestion du produit mortel. J'avais vu ça à la télé. Les viscères affichent des preuves incontestables.

Et, autre élément important, on accuserait sa femme d'abord parce que le crime par empoisonnement est en tête de la panoplie du crime féminin. Je risquais en plus de tuer celle-ci par la même occasion. Comment, en effet, différencier les aliments pour l'un ou pour l'autre sans l'associer, elle ?

J'ai pensé alors à faire tomber un arbre de chez moi chez eux. Sur lui. En préparant la base à la limite de la rupture, je pouvais apostropher et insulter mon ennemi au point de le faire s'approcher du mur. Au moyen d'un filin et de quelques poulies, je retenais l'arbre jusqu'au moment où le voisin serait bien dans l'axe de la chute du tronc. En lâchant tout, je faisais de lui de la chair à pâté. Je m'entendais même crier « *Timber !* » à la manière des bûcherons du Nouveau Monde. Juste après la chute bien sûr, pour ne pas lui laisser le temps de s'écarter.

Mais justement, mon problème c'était ça. Comment le faire rester stoïque devant la mort qui vient du ciel. S'il se jetait de côté au dernier moment, les branches n'auraient pas d'autre résultat que de lui infliger quelques éraflures. D'autre part, si l'opération était couronnée de succès, on ne pourrait m'accuser que de négligence. Je me voyais bien prendre un air pétrifié par le destin cruel.

Je pouvais encore le piéger au moment où il entrait chez moi. J'avais déjà marqué mon territoire en lui faisant prendre un bain de pied dans de la vieille peinture. J'avais la possibilité de remplacer celle-ci par un produit très corrosif. Je l'entendais déjà hurler sous la morsure de l'acide lui bouffant les chairs.

L'ultime stade était d'aller jusqu'à le faire s'empaler sur des tiges acérées comme dans les pièges des trappeurs ou des Indiens. Pour lui faire passer définitivement l'envie d'entrer chez moi. J'entendais déjà les cris d'orfraie des gens du voisinage, adjudant en tête, me cataloguant dans la liste des fous furieux capables de procéder ainsi pour défendre leur bien. Je me souvenais aussi d'avoir lu quelque part qu'il fallait prévenir l'intrus du risque qu'il prenait en pénétrant sans autorisation chez autrui. Facile. J'aurais bien le temps d'apposer un panneau sur le grillage avant l'arrivée de la police. Juste après l'empalement. Je le voyais déjà constellé de têtes de morts avec un « *Achtung minen !* » en prime.

Je n'ai pas écarté cette solution, mais j'ai cherché à en trouver d'autres.

Comme j'avais mes entrées chez eux, j'avais la possibilité de provoquer un accident domestique. Bloquer la douche sur l'eau chaude, couper le tuyau d'arrivée du gaz, mettre du poison sur la brosse à dents, dans la bouteille d'eau minérale qu'il avait près du lit, entre les draps même.

Les idées ne manquaient pas. Elles étaient systématiquement battues en brèche par le fait qu'il n'habitait pas seul, le garcier.

Il y avait sa femme, et procéder ainsi pour la sauver de lui, c'était l'accuser, elle, en premier lieu.

Les morts soi-disant accidentelles à la maison font d'abord peser les soupçons sur les proches. Dans la plupart des cas, les enquêteurs ne vont pas plus loin. À tort ou à raison, mais dans le cas qui me préoccupait, même si la femme ne devenait pas la meurtrière, elle l'était quand même par personne interposée. Elle avait tous les risques de finir en cabane. Et ça, je ne le voulais pas.

Il y avait autre chose d'important. Elle m'avait dit qu'ils n'étaient pas mari et femme. La fille de Vals m'avait affirmé le contraire. Je la soupçonnais d'en faire des kilos parce qu'elle jalousait ma voisine. Je supposais que sa vie sentimentale était devenue plus calme sur le tard. J'imaginais bien que cette collection d'amants de passage lui manquait un peu. En regardant ma voisine, elle la voyait à sa place, croquant les hommes à pleine bouche. Il y avait de quoi être envieuse et frustrée. Jusqu'à me raconter des bobards.

Si la voisine n'était pas légalement la femme du voisin, la mort de ce dernier risquait de la dépouiller de tout.

Il suffisait de voir la fille légitime avec ses dents qui rayaient le parquet. Une fois le père décédé, elle jetterait dehors la prétendante malheureuse sans le moindre scrupule. Avec le soutien de la loi.

Il me fallait donc faire bien attention à mes actes. Et protéger les arrières de la voisine. Si le résultat la laissait sans le sou, c'était à moi d'y pourvoir. Bien sûr, nous pouvions partir ensemble. J'avais assez de tunes au frais pour lui assurer des lendemains dorés. Mais si je finissais au ballon, tout cela n'aurait strictement servi à rien. Il fallait que je prenne mes responsabilités. J'ai compris ce que j'avais à faire.

Puis je me suis dit que l'autre, il était temps que je le prévienne de mes intentions. Il avait envie de me liquider ? Je l'attendais de pied ferme et j'avais le même projet à son endroit.

Pour le lui indiquer, j'ai fait un truc qu'on pratiquait

dans notre région dans les temps anciens pour jeter le mauvais sort. J'ai extrait une chouette empaillée de mon grenier. Je l'ai barbouillée de sang de porc.

Et la nuit suivante, je l'ai accrochée à la porte d'entrée de sa maison.

XXV

Le lendemain, j'ai entendu le tracteur du gars Arsène qui ronronnait. Curieusement, il croisait à proximité de mon grillage. À y regarder de près, il n'avait strictement rien à y faire. Il avait donc envie de parler pour me soutirer quelques informations afin de mieux les colporter ensuite.

Je me suis approché, comme l'ouvrier agricole l'espérait, et je me suis arrêté au ras du grillage. Là, j'ai attendu qu'il s'aperçoive de ma présence. Il n'a pas fallu longtemps. Ce qui m'a fait sourire. C'était bien moi qu'il attendait.

Il n'a pas interrompu son parcours pour autant, histoire de donner le change, puis il est revenu naturellement vers moi. Vu l'état du champ, ça m'amusait parce qu'il n'avait aucune raison de le parcourir ainsi. Sauf pour promener son tracteur.

Je l'ai laissé couper le moteur de son coléoptère nauséabond. Inutile d'essayer d'avoir une conversation quand ce truc était en marche. Il y avait le bruit infernal, l'odeur de fuel mal brûlé par un moteur fatigué et le tremblement de l'ensemble qui me donnait le mal de mer rien qu'à le regarder.

Arsène est venu vers moi de sa démarche nonchalante. On aurait dit un membre de la Garde Royale d'Angleterre glissant un pied après l'autre. La comparaison s'arrêtait là parce que l'uniforme et l'odeur ne correspondaient absolument pas à un régiment d'élite.

Je lui ai proposé de venir chez moi.

— J'ai une bouteille à la cave.

— Han ?

— Un rouge, médaille d'or à Mâcon.

— Je viens goûter ça puisque tu m'invites !

Il a fait le tour de la haie pour passer chez moi. Nous sommes allés dans la réserve.

Arsène n'a rien dit tant que son verre restait vide. Il m'a regardé chercher la bouteille, enlever la capsule-congé et la déboucher. Le bruit sympathique l'a mis de bonne humeur et il a saisi son verre pour être plus rapidement servi. J'ai ensuite attendu qu'il goûte avant de briser le charme.

— Il est bon ! a-t-il avoué.

— Je pensais qu'il te plairait. Je n'avais pas envie de le goûter tout seul.

— Et t'en as d'autres de bouteilles de çui-là ?

J'ai fanfaronné.

— De quoi casser la soif pendant des mois !

— Tu repars pas ?

— Je reste !

— C'est sûr. T'as des raisons !

— Pour rester ? Il y a ma mère qui ne va pas fort.

— C'est mieux avec la nouvelle infirmière ?

J'ai senti la patate.

— Elle est très bien. Faut une d'expérience pour faire ça.

Il m'a regardé en dessous.

— T'as raison, mon gars. Les gamines, c'est par leur truc. Y z'ont aut'chose en tête. Pas vrai ?

— Comme tu dis.

— Bah, une de perdue…

Il a lippé son verre et réclamé un autre.

— Et ton voisin ?

J'ai fait un geste en direction du mur.

— Celui-là ?

— Ben ouais !

— Je ne le vois pas beaucoup.

— Y riboule dans le coin pourtant. Sa femme aussi. On dirait qu'elle cherche. On dit qu'elle a trouvé. Même que lui, ça l'énerve. Y aura du vilain d'ici quèq' temps.

— Et pour la noyée, on a su quelque chose ?

— Elle a pas pu tomber toute seule. On raconte que t'étais pas loin non plus.

— Les chiens n'ont rien dit…

— Bah, c'est des ballots, ces deux-là. Trop nourris !

— Quelqu'un les a pris ?

— La SPA ! Tu les voulais ?

— J'en ai déjà deux !

— Et t'as mieux à faire, hein ?

Je n'ai pas voulu l'en dissuader.

— Comme tu dis !

— C'est vrai qu'elle crie comme ça, la voisine ?

— Tu as entendu comme moi !

— On se demande bien pourquoi il aurait eu intérêt à faire de la musique, son mari. Toi par contre…

J'ai voulu couper court.

— Ce n'est pas mes affaires.

— C'est pas ce qu'on dit…

Il a pris un temps d'arrêt avant d'ajouter :

— Surtout qu'on t'a vu aux poubelles quand la donzelle attendait sous la pluie.

— Et alors ?

— Le hasard fait bien les choses !

On a fini la bouteille, surtout Arsène. Puis je l'ai laissé remonter sur son tracteur. Curieusement, il n'avait plus rien à faire dans son champ puisqu'il a disparu dans le chemin creux sans attendre son reste.

Je suis remonté vers ma maison. J'ai rendu visite à ma mère. Elle somnolait dans son fauteuil. Elle avait un peu bavé. Je l'ai essuyée avec une serviette de table. Mon geste ne l'a même pas réveillée. Depuis quelques jours, elle avait décalé. Depuis le départ d'Alice. Elle allait moins bien. J'en étais certain. Elle avait les yeux ternes. Elle chipotait sur la nourriture. Elle avait les intestins dérangés sans arrêt. La nouvelle aide-soignante me l'avait dit. Mais je m'en étais personnellement aperçu.

Il n'y avait rien à faire. Le médecin avait dit que le

temps lui était compté. À la regarder, la tête penchée, les yeux clos, je me suis demandé si je n'avais pas un geste ultime à faire pour elle.

Je me suis assis et je l'ai regardée.

C'est alors qu'on a frappé. Je suis sorti dans le couloir. La voisine était sur le seuil. Elle portait une simple robe fleurie qui affichait sa légèreté sans pudeur. Surtout qu'elle avait le soleil derrière elle.

— J'ai pu m'échapper un moment, elle a simplement dit.

— Votre mari est parti ?

— Oh, pas bien loin ! Mais je suis seule pour l'instant.

— Et vous êtes venue ?

— Pour vous avertir. Vous l'énervez. C'est vous, la chouette ?

J'ai feint. Après tout, je ne connaissais pas grand-chose d'elle.

— Quelle chouette ?

— Bien sûr, vous ne direz rien. Il a peu apprécié la menace, figurez-vous ! On dirait que vous voulez le pousser à bout.

— Si c'est le seul moyen pour qu'il vous laisse tranquille…

— Il faudra du temps.

— Votre joue est guérie.

— Ce n'était rien de bien grave.

— Je n'aime pas quand il vous fait du mal.

— On est deux !

J'ai voulu être sérieux.

— Je veux qu'il arrête de vous frapper. Et je veux vous aider à le quitter.

Elle s'est mise à rire. Ironiquement.

— Je n'ai pas d'argent. Il ne me laissera pas partir. Et s'il accepte, ce sera avec les vêtements que j'aurai sur le dos ce jour-là. Et rien d'autre.

— Je suis là moi. Je vous en donnerai de l'argent. Je n'en manque pas.

Elle m'a regardé étrangement.

— Pourquoi faites-vous cela pour moi ?

— J'ai horreur des brutes.

J'ai eu comme un éclair.

— Je vous fais visiter la maison ?

— Si vous voulez !

Au rez-de-chaussée, j'ai juste ouvert les portes assez rapidement. Elle n'a pas paru très curieuse. Forcément, chez moi c'était très banal. Pas comme chez elle.

Je l'ai laissée passer devant dans l'escalier. Elle a bien compris la raison. Au bout de quelques marches, elle s'est retournée en souriant. Ensuite, j'ai regardé son dos.

Sur le palier, elle a tourné à gauche. Devant la porte entrouverte, elle a demandé :

— C'est là votre chambre ?

J'ai acquiescé. Elle a poussé la porte. Je suis entré sur ses talons dans la pièce. Il y faisait très beau. Comme au dehors.

— C'est une pièce très lumineuse, elle a constaté.

J'ai compris que c'était un peu trop pour elle. Je suis allé à la fenêtre et j'ai tiré les persiennes.

Quand je me suis retourné, elle avait ôté ses chaussures et elle s'était allongée sur le lit.

XXVI

Je me suis approché du lit. J'ai caressé son genou gauche. Elle m'a pris les doigts d'une main un peu nerveuse, puis elle a accompagné mon mouvement.

Je me suis allongé près d'elle. Nous étions habillés côte à côte.

Vu notre situation, je l'ai immédiatement tutoyée.

— Je t'ai vue étendue dans le garage.

Elle a fait de même.

— Je sais que tu m'as regardée.

— Il te faisait mal ?

— Je ne peux pas dire ça.

— Il t'avait forcée.

— Il est comme ça. L'envie lui a pris. J'ai cédé.

— Tu avais le choix ?

— Même pas du lieu ! C'était là, tout de suite.

— Pour t'humilier.

Elle a pris son temps. En regardant fixement le plafond jauni, elle a admis :

— C'est ça. Pour m'humilier.

On est restés quelques minutes sans bouger, sans rien dire. L'aveu était fort. Ma haine aussi.

Elle s'est mise sur le côté. Elle a remonté légèrement les genoux.

Association d'idées, elle a demandé :

— Cette Alice ne vient plus chez toi ?

J'ai trouvé la phrase un peu dédaigneuse. Surtout le premier mot.

— Non, elle ne vient plus.

— C'est mieux pour toi. Elle parlait beaucoup. Avec tout le monde. Avec lui aussi. Souvent.

— Avec ton compagnon ?

— C'est ça, mon compagnon. Il lui tirait les vers du nez.

— Tu ne l'aimes pas, hein ?

— Non, elle t'a fait du mal. À ne pas savoir tenir sa langue.

Elle s'est tournée vers moi.

— Et toi, tu l'aimais, Alice ?

J'ai fait le Judas.

— Non. C'était l'aide-soignante qui venait pour maman.

— Et un peu plus…

— Il t'a dit que je couchais avec elle ?

— Il ne s'en est pas privé !

— Et il a pris des photos. Tu veux les voir ?

— Pourquoi pas ?

Je me suis levé. J'ai saisi la pochette posée à côté du talkie et je la lui ai tendue. Elle s'est redressée et elle l'a prise. Elle a sorti le mini-album et elle s'est mise à le feuilleter. Quand elle a atteint les clichés les plus suggestifs, elle a pris plus de temps pour les regarder.

Elle a dit :

— Vous êtes bien là, tous les deux.

C'était la photo où Alice se cambrait le plus. Je lui tenais la taille et je disparaissais en elle.

Elle a ajouté.

— Elle en a eu de la chance.

— De la chance ?

— De pouvoir faire l'amour. Avec toi. Presque tous les jours. Simplement pour le plaisir.

Elle avait haché ses phrases. Volontairement. Presque mesquine, elle a conclu :

— Et elle aimait ça !

Je trouvais son attitude un peu indécente. Je respectais Alice et, même si elle avait été obligée, par ces photos justement, de mettre de l'espace entre nous, je ne reniais rien de ces moments intimes que j'avais eus avec elle.

Ma visiteuse a bien vu que je n'appréciais guère. Elle s'est rattrapée intelligemment.

— Je disais ça comme ça. Par jalousie. Par envie. Dommage pour vous deux que ces photos aient tout cassé.

Je ne croyais pas un mot de ce qu'elle disait. Je la sentais bien heureuse qu'Alice soit partie.

— Vous avez eu des rapports normaux, équilibrés. J'en aurais voulu des comme ça. Regarde.

Elle a retroussé sa robe. Je me suis redressé.

J'ai vu deux cicatrices obliques à l'intérieur des cuisses.

— C'est lui qui t'a fait ça ?

— Un soir où il était ivre. Quand il est saoul, il est fou. Tu veux voir mon dos ?

J'ai acquiescé de la tête. Elle s'est mise à genoux et elle a enlevé sa robe. Son petit slip est apparu. C'était celui que j'avais vu roulé en boule sur le ciment du garage. Une culotte blanche à pois rouges. Il ne cachait pas grand-chose. Le soutien-gorge était assorti.

Elle s'est tournée. Elle a croisé les bras pour tendre la peau de son dos et j'ai vu des cicatrices rondes. Elles étaient anciennes.

— Brûlures de cigarettes, elle a dit.

— Encore lui ?

Elle s'est retournée. Elle a soupiré.

— Toujours lui. Il y a des années de ça, mais les marques sont encore là.

J'avais envie de passer le grillage et de lui coller deux ou trois balles dans la peau à ce barbare. Dans le ventre pour le voir pisser le sang, souffrir et s'en aller peu à peu. Avec la mort certaine au bout du parcours.

J'avais décidé qu'il le méritait, que j'étais la justice immanente puisque celle des hommes ne s'emparait pas du problème de cette femme battue, martyrisée, esclave.

Je voyais qu'elle allait éclater en sanglots, tant

l'émotion était forte. Elle venait de se confier et de se dévoiler. Chose qu'elle n'avait probablement pas osé faire auparavant. Elle m'avait senti ouvert à son drame. Elle m'avait choisi pour être son chevalier blanc. Je me la pétais comme pas possible.

Je l'ai prise dans mes bras.

XXVII

Très vite après mon retour en métropole, j'avais obtenu un rendez-vous auprès du juge des tutelles. Il m'avait fallu parlementer, inventer des prétextes puis amadouer pour décrocher une demi-heure à la pause déjeuner.

Le juge, c'était un jeune que j'avais rencontré pour la mise sous protection de ma mère, un an auparavant. Avec l'appui du médecin et de l'expert, maman avait été jugée incapable de gérer ses biens. J'avais été nommé tuteur sans difficulté.

Ce qui m'amenait devant le juge c'était le choix que j'annonçais de placer prochainement ma mère en maison de retraite. J'avais argumenté sur le fait que ce n'était plus possible de la garder à la maison et que, la mort dans l'âme, j'étais résolu à vendre le bien qui aurait pu être le mien pour assurer son bien-être jusqu'à la fin. Pour payer les frais d'hébergement, j'avais besoin de liquidités. La vente de la maison et des terres pouvait y pourvoir un bon moment.

C'était là mon discours officiel. En fait, je voulais régler tout ça avant l'échéance pour pouvoir repartir au plus vite, une fois la tombe refermée. Je n'avais pas de raison de m'éterniser.

Ma mère, avec ses parents, avait mis de l'argent de côté pendant l'Occupation. Avant la débâcle des Allemands, elle avait transformé ses économies en immobilier. Elle était de la terre et l'argent liquide, surtout les billets, ne lui inspirait pas confiance. D'aucuns avaient besoin de vendre pour fuir, surtout ceux qui avaient collaboré.

Plus tard, quand la monnaie avait repris cours, elle avait vendu quelques terres pour investir dans les bons du Trésor. Judicieusement, elle s'était constitué une jolie fortune.

Ensuite, elle n'avait pas apprécié le nouveau franc. Elle avait résilié tous ses placements pour cacher l'argent liquide dans la grange. À l'arrivée de l'euro, j'avais porté des liasses à la banque, en plusieurs fois pour brouiller les pistes, et j'avais replacé le magot converti en nouvelle monnaie dans la cachette.

Le montant était impressionnant. Pendant la maladie de ma mère, j'avais été obligé de puiser dans ses économies à plusieurs reprises pour assurer son confort mais, sinon, j'avais payé ma part des dépenses courantes de la maison.

J'allais partir avec ma voisine, devenue ma maîtresse, tout simplement. Le meilleur moyen pour la défaire de l'emprise de son compagnon c'était de couper tous les liens, de disparaître au plus vite et au plus loin.

Et la solution pour ne plus risquer d'avoir affaire à lui, c'était de le supprimer.

Auparavant, il fallait réaliser le maximum de liquidités et ne pas oublier le petit trésor pour fuir sans difficulté. Mais pas avant que ma mère ne ferme les yeux à tout jamais. Je savais par le médecin, qui était venu dernièrement, que l'issue était proche. Une semaine voire deux, avait-il affirmé comme un devin. Il fallait être prêt.

Si j'attendais, la succession prendrait des mois voire un an pendant lequel ma protégée allait subir les coups de boutoir de l'autre. Je ne pourrais le supporter longtemps.

L'année avant, à la suite de mon entrevue avec le juge des tutelles, j'avais fait affaire avec un acheteur. Il n'était pas pressé, mais il voulait la propriété. Cet homme-là avait compris qu'au décès de ma mère, je m'en irais au loin. Définitivement. Il n'avait pas tort. Mon projet était bien celui-là.

Je lui avais imposé un délai pour prendre possession de la maison. Il n'avait fait aucune objection. Surtout que je faisais un effort sur le prix. J'espérais tout régler dans ce laps de temps. Quitte à aider le destin. Je ne savais pas alors à quel point !

J'avais donc tout prévu, mais sans savoir que cette prévoyance allait me servir dans mon désir de me lancer dans une entreprise bourrée de risques. D'adrénaline aussi.

J'ai appelé le notaire pour qu'on signe au plus vite.

Je risquais de devoir partir en cavale à cause de mes conneries. Le père mort, la fille de l'autre jetterait la concubine à la rue. Elle n'aurait plus de quoi subvenir à ses besoins. Ni aux miens.

J'ai donc décidé en plus de lui donner procuration sur tous mes comptes. Je savais que la clandestinité pouvait coûter cher. Elle serait mon agent de liaison si cela tournait mal. Je n'avais pas le choix.

La rencontre physique avec cette femme m'avait éloigné de la réalité. Non seulement, je faisais ce que je pouvais pour la sortir de là mais, en plus, je voulais la garder pour moi tout seul. La violence de son conjoint ternissait notre nouvelle vie. Il devait disparaître. Comme tous ceux qui pouvaient être un obstacle sur notre marche vers le bonheur.

Nous étions d'accord pour tuer. Ensemble.

XXVIII

Alice s'est pointée vers treize heures. Je ne l'ai pas entendue venir. Pourtant, le gravier de la cour ne permettait pas vraiment la surprise. J'ai supposé qu'elle avait usé de pattes de chat pour s'approcher de la porte et s'assurer que j'étais bien seul.

Tout à coup, elle s'est encadrée dans la porte. J'étais assis à la table. Je regardais les informations à la télé.

— Bonjour, elle a dit.

J'ai répondu, mais je ne me suis pas levé. J'ai ajouté :

— Qu'est-ce que tu veux ?

Elle a grimacé.

— Je vois à ton air que tu m'as remplacée.

Elle ne me vouvoyait plus.

— C'est toi qui es partie, non ?

— Tu es un peu salaud de me mettre ça sur le dos ! On dirait que tu n'y es pour rien.

— En tout cas, je n'y peux rien.

J'ai voulu faire preuve de civilité.

— Tu veux un café ?

— Non. Pas de café.

— Tu l'aimais bien pourtant, mon petit caoua...

— Les choses sont différentes aujourd'hui.

— Tu venais pourquoi ?

— Pour te dire que tu fais fausse route !

— Comment ça ?

— Tu te jettes à la tête de cette femme. Elle, tu ne la connais même pas. Lui, c'est un brutal. Ils n'ont pas bonne réputation. Ni l'un ni l'autre !

Elle avait un rictus que je ne lui connaissais pas.

— Je m'en fous !

— Dieu sait où tout ça va te mener...

J'ai pavoisé.

— En enfer ! C'est la porte à côté !

— On entend parler de toi dans le bourg. Et il y a eu cette vieille femme tombée dans le puits.

— Je l'ai poussée, c'est ça ?

— C'est ce qu'on dit !

— Il n'y a pas de preuve contre moi.

— Quand il y en aura, les gendarmes viendront frapper à ta porte.

Elle a posé la main sur le rebord de la table, je m'en souviens très bien. Comme si elle voulait que je fasse aussi un geste vers elle. Je n'ai pas bougé.

Je lui ai demandé :

— Tu lui parles à lui ?

— Je ne le connais pas.

Je n'en ai pas cru un mot, mais je suis resté silencieux. Elle a compris qu'on allait en rester là.

— Je t'aurai prévenu...

— C'est ça.

J'ai pensé qu'il fallait conclure sur une note plus rassurante.

— Ne t'inquiète pas. C'est bientôt fini tout ça.

Je me suis levé, mais sans avancer vers elle. Elle a hésité, puis elle a fait un petit signe de la main que je lui ai rendu. Elle a tourné les talons et je l'ai entendue courir sur les graviers de la cour.

J'ai balayé cet instant d'un revers de main. Je savais très bien le risque que je prenais, mais je ne pouvais me défaire de ma mission de salut public. L'autre devait y passer. Point barre.

Un peu plus tard, j'avais rendez-vous à la sortie du bourg, côté La Feuillée. J'avais dit à ma voisine que je serais sous les arbres à l'attendre.

Elle est arrivée en retard. Elle m'a expliqué qu'elle s'était échappée par le bout de son parc et qu'elle avait longé la route en la surplombant avant de descendre le coteau. Elle portait une jupe un peu droite pour faire de la randonnée, mais je n'ai pas fait de commentaire.

Je l'ai emmenée à l'agence bancaire d'Huelgoat. Au comptoir, nous avons été accueillis par une jeune stagiaire.

Très simplement, elle a fait le nécessaire pour la procuration. Elle a photocopié la carte d'identité de ma nouvelle associée. Nous avons signé les documents et nous sommes repartis rapidement.

Une fois revenus au point de départ, ma voisine

m'a tendu le papier lui donnant tout pouvoir sur mes comptes.

— Tu es sûr de vouloir ça ? elle a demandé.

J'ai fait le fier-à-bras.

— Pas de problème ! Si les choses se passent mal, tu seras ma banquière ! Ensuite, on filera au soleil !

Elle s'est penchée vers moi. Elle m'a embrassé de ce baiser mouillé qui n'appartenait qu'à elle. Ma main s'est insinuée sous sa jupe. Elle a juste dit :

— Allons sur le siège arrière.

On a fait l'amour portes ouvertes pour avoir plus de place.

XXIX

Le lendemain matin, j'ai entendu crier à la mort. Je venais de donner son petit-déjeuner à ma mère. D'ailleurs, elle en avait vomi la moitié, ce qui m'avait fait penser que ses jours étaient comptés. Elle disait souvent que le jour où elle ne pourrait plus prendre son café du matin serait le signe de sa fin prochaine.

Je me suis rué à l'extérieur craignant un incendie.

C'était déjà arrivé quand j'étais jeune. Un marginal vivait dans une cabane en haut de la côte. Une voisine, celle qui s'est noyée dans le puits, avait aperçu les volutes de fumée de chez elle. Elle était arrivée en courant. Elle criait. Elle appelait l'homme encore à l'intérieur.

J'ai fait le tour par la place. En arrivant devant la masure, j'ai bien vu qu'il était trop tard. Le bonhomme était resté dans le brasier. C'était une cahute faite de bric et de broc. Elle a brûlé en un rien de temps. Et l'occupant avec.

Cette fois, je ne voyais pas de fumée. J'ai regardé par-dessus le mur. Madame Fontanes, la femme de l'adjudant, était devant son garage. Elle se tenait la tête dans les mains et elle hurlait.

J'ai fait le tour comme quand j'étais gamin. Je suis arrivé le premier devant la femme éplorée. Quand elle m'a vu, elle m'a stoppé dans mon élan.

En me menaçant de son index pointé sur moi, elle a dit :

— Pas vous ! Non, pas vous !

J'ai essayé de savoir :

— Que se passe-t-il ?

— C'est vous la cause de tout ça !

Elle m'a encore montré du doigt tandis que les badauds s'approchaient dans mon dos. Je sentais leur présence compacte. Hostile.

— Calmez-vous, madame Fontanes. Nous sommes là.

Un autre voisin, agriculteur celui-là, avait parlé. À ce moment-là, la femme s'est effondrée et nous avons pu approcher. À trois ou quatre, nous avons pénétré dans le garage nickel chrome.

L'adjudant Fontanes était affaissé devant son établi. Je ne le voyais que de dos. Il y avait une maquette de bateau en cours de construction, des outils et de la colle sur un plateau de bois. La casquette du militaire avait roulé à terre.

Sur le côté droit, il avait un tournevis enfoncé dans le cou et plongeant dans sa gorge. Le sang avait jailli par là.

L'agriculteur s'est agenouillé. Il lui a tâté le pouls. En se relevant lentement, il a juste dit :

— Il est mort.

Curieusement, il s'est tourné vers moi.

Quelqu'un d'autre a renchéri :

— On l'a tué ! Ne touchez à rien !

Nous sommes ressortis. L'agriculteur a annoncé aux voisins la mort de l'adjudant. Sa femme qui était prostrée, s'est relevée comme un diable de sa boîte. Elle m'a désigné du doigt. Elle bavait.

— C'est lui qui a tué mon époux, c'est lui !

Puis elle a éclaté en sanglots. Une femme l'a emmenée à l'écart. On l'a assise sur un banc de pierre et ses amies se sont regroupées autour d'elle. Je les voyais me jeter des regards noirs. Pour elles, ma culpabilité ne faisait aucun doute.

Les hommes me regardaient aussi, mais pas avec la même haine. Ils ne s'engageaient pas. Il y en a un cependant qui s'est risqué. Il m'a dit :

— Vous ne quittez pas les lieux. Il faut attendre les gendarmes.

Ils sont arrivés, ceux-là. Ils n'ont pas traîné en route. D'entrée de jeu, ils m'ont donné le statut de suspect. Vous pensez, leur camarade venait de se faire trucider !

Ils ont examiné la scène du crime. J'en ai entendu un dire :

— Avec un tournevis ! Y a qu'un homme pour faire ça ! On pourrait bien solutionner l'affaire en deux coups de cuillère à pot ! On a un suspect tout désigné sous la main.

L'autre n'a rien dit. Ou alors très discrètement car

je n'ai rien entendu. Toujours est-il qu'ils sont vite ressortis du garage pour nous donner l'ordre de ne pas bouger en attendant les autorités. J'ai supposé que cette injonction s'adressait surtout à moi. Je crois que c'est à ce moment-là que je me suis dit que je devais régler mes affaires au plus vite. Déjà deux quilles par terre. Au troisième cadavre, on allait m'enchrister pour de bon.

Les képis ont parlementé un moment à côté de leur véhicule. Ils ont interrogé la femme de Fontanes. À plusieurs reprises, ils se sont tournés vers moi. On ne peut pas dire que leurs regards étaient sympathiques.

Je croyais sentir le roussi. Pour la vieille basculée dans le puits, ils m'avaient cherché des poux dans la tête. Comme si le fait de ne pas m'empresser sur les lieux signifiait que je savais déjà à quoi m'en tenir ! Je sentais bien qu'il fallait un auteur à ces agissements inhabituels.

Tout le monde se jalousait, se détestait dans le quartier. Mais de là à aller jusqu'au crime, il y avait de la marge.

Moi, je pouvais avoir ce courage-là à leurs yeux. Je vivais seul. Je rentrais du sud lointain, tout auréolé de chasses interminables. Je m'étais vautré dans le lit des *natives* plantureuses. J'étais à l'affût de bonnes fortunes mais surtout, je ne m'intégrais pas à la vie du village.

J'étais le coupable idéal. Un vilain petit canard.

J'étais aussi leur bras armé. La mémé noyée dans

son puits agaçait tout le quartier avec ses molosses baveux. Ils aboyaient la nuit et elle aboyait le jour. Elle colportait tout sur tout le monde. Fontanes jouait de la badine comme à la caserne. Il se plaignait pour des petits riens, n'acceptait pas la moindre incivilité et ne transigeait pas avec le règlement. En plus, il n'était pas de là. Il n'avait droit de cité que parce que son épouse était originaire du bourg.

Ces deux-là avaient dérangé les autochtones. Leur départ *ad patres* ne suscitait qu'une émotion de circonstance. La satisfaction était secrète mais plus intense. Quoi de plus jouissif que de voir ses envies de meurtre réalisées par un tiers ? Le résultat est le même. Le risque en moins.

Le chef des képis s'est approché, les pouces passés sans le ceinturon. Il m'a toisé.

— Madame Fontanes vous accuse.

— De quoi, Chef ?

J'avais volontairement utilisé un grade usité par tous les détenus comme si j'avais fait de la cabane. Je voulais lui donner à croire que j'étais de la maison. Mais de l'autre côté du mur ! Je sais que c'était risqué mais l'ex-détenu, ou supposé tel dans mon cas, bénéficie d'un autre traitement que le quidam qui vient de faire la connerie de sa vie. Histoire de code déontologique. Je n'allais pas m'enfuir. Il me trouverait là le jour où il faudrait qu'on en reparle. Du moins pouvait-il le croire. J'avais rendez-vous à quatorze heures ce jour-là chez le notaire.

J'étais dans la lune. Le gendarme a été obligé de répéter :

— Elle vous désigne comme l'assassin de son époux. Qu'avez-vous à dire ?

— C'est une femme choquée. Elle vient de perdre son mari dans des circonstances pénibles. Je comprends sa réaction.

— Mais sur l'accusation…

— Je n'étais pas en bons termes avec monsieur Fontanes. Tout le monde le sait. Mais de là à le tuer !

Il a immédiatement relativisé :

— Vous avez raison.

En fait, il n'avait rien d'autre à me reprocher qu'un conflit de voisinage. Je crois en plus que tout ça le dépassait. Il n'avait pas eu ce genre d'affaire à traiter auparavant. Il s'agissait d'un crime, pas d'un homicide involontaire suivant une altercation ou une lutte. Fontanes avait été tué de sang-froid devant son établi alors qu'il encollait deux pièces de sa maquette en balsa. Peut-être même qu'il venait d'expliquer à son bourreau comment il pratiquait pour des pièces si délicates avant que l'autre ne saisisse un tournevis pour le lui planter dans la gorge en l'enfonçant jusqu'au manche.

Et il n'était pas le plus méchant envers moi. L'autre, courtaud et velu, m'en voulait davantage. Ses yeux le criaient quand il me regardait. Comme si la liberté que j'incarnais lui rappelait sa propre soumission.

Les autorités se sont pointées enfin. Aucune charge

précise n'a été retenue contre moi. On a pris ma déposition qui se résumait à quelques lignes. On m'a interdit de partir en voyage sans en aviser la gendarmerie. J'ai demandé s'ils avaient quelque chose à me reprocher. On m'a assuré que ce n'était que pure routine. J'avais quand même senti le vent du boulet !

J'ai quitté les lieux sous des regards chargés qui perçaient mon dos. Je n'en avais rien à faire. J'étais le roi du pétrole. Je croyais à ma baraka, mais je sentais qu'il était plus que temps de résoudre mes petits problèmes avant de fuir vers le soleil.

Les chiens ont jappé quand j'ai passé le porche. Ils étaient agités. Plus que d'habitude. Ce qui m'a indiqué que j'avais eu de la visite. J'ai tout de suite pensé à mon cher voisin. De chez lui, il pouvait me voir dans le jardin des Fontanes. Il avait très bien pu prendre ce moment à profit pour s'introduire chez moi. J'ai pressé le pas.

Ce n'était pas lui. Mais elle.

Elle était assise sur le banc de bois caché par la glycine. Elle avait les jambes croisées haut, dévoilant ses jambes superbes. Elle avait même laissé le tissu se froncer un peu pour être sûre de m'offrir la plus suggestive des images. Je vous laisse imaginer l'effet que ça a produit sur moi. C'est simple. J'ai eu envie de la basculer dans l'herbe. Elle a bien compris ma pulsion. Elle ne m'a pas laissé le temps de la mettre en œuvre.

En se mettant debout d'un mouvement brusque, elle a dit :

— Tu as vu de quoi il est capable !

Incrédule, j'ai demandé :

— De quoi ?

— C'est lui qui a tué monsieur Fontanes !

— Pour quelle raison ?

— Pour t'impliquer, toi ! Il savait que l'adjudant et toi, vous ne vous aimiez pas. Il avait encore du sang sur les mains quand il m'a dit que tu aurais bien du mal à te sortir de ce coup-là.

— Je croyais qu'il envisageait de me tuer.

— Il veut te déstabiliser avant, te mener la vie dure, te donner la peur.

— C'est ce qu'il a dit ?

— Oui. En ajoutant que j'aurais bien du mal à te sauver !

— Il n'y aura pas la moindre preuve !

— Sauf la médaille.

J'ai froncé les sourcils tout en sentant mon estomac se nouer.

— Il a épinglé une médaille qui t'appartient sur la poitrine de monsieur Fontanes après l'avoir tué. Il a dû te la voler.

— Comme d'autres objets.

— La police peut identifier cette décoration ?

— En cherchant, certainement.

— Il sait ce qu'il fait.

— Il a découvert que tu viens ici ?

— Non. Enfin, je ne crois pas. Il n'a pas besoin de ça pour te haïr. S'il le savait, il m'aurait déjà tuée.

— Tu pourrais tenter de t'enfuir…

— Sans grande réussite ! Il est trop sûr de son pouvoir sur moi. Il joue comme un chat avec un mulot moribond. Il sait bien que la proie ne s'en sort jamais.

Tout à coup, elle s'est collée à moi. Je sentais son ventre contre le mien. Elle m'a embrassée fougueusement, puis elle m'a dit :

— Ne le laisse pas me tuer aussi. Tu vas me tirer de ses griffes, hein ?

J'ai promis.

XXX

Deux jours plus tard, j'ai rencontré la fille de Vals. Rien à voir avec une coïncidence ou le fait d'un hasard qui ferait bien les choses.

Je revenais d'un rendez-vous chez mon notaire. J'avais conclu la vente du domaine, comme c'était prévu. L'argent servirait à payer la maison de retraite une fois que je serais reparti sous d'autres cieux. L'acheteur, un riche industriel qui voulait surtout les terres pour ses chevaux, n'avait pas fait de difficultés pour nous laisser la jouissance tant que ma mère serait vivante. Par précaution, avec en arrière-plan le souvenir de viagers hasardeux, il avait mis une date butoir qui me convenait parfaitement. J'étais bien décidé à faire cesser tout ce cirque très prochainement. Si je tombais, ma mère serait mise en long séjour. Moi aussi, mais pas dans le même genre d'établissement. Et tout serait dit.

La fille de Vals semblait flâner au bord de la route longeant la propriété que mon père adoptif avait héritée de ses parents. La clôture était un mur épais, surélevé d'une palissade en bois qui dissuadait tous les importuns. L'entrée composée d'un porche de pierre taillée et d'un portail de bois plein donnait une allure cossue à l'ensemble. On ne fermait pas le portail. Jamais depuis que mon père était parti. C'était plus facile pour les visiteurs et surtout, depuis la maladie de ma mère, pour les personnels médicaux appelés à son chevet.

La fille de Vals flânait, comme je vous l'ai dit. On aurait pu imaginer une collégienne qui s'attardait après l'école. Sauf qu'elle n'avait plus rien d'une jeune fille. Rien dans le physique alourdi par les excès de toutes sortes. Rien dans l'innocence perdue depuis bien longtemps dans un tas de foin odorant.

J'ai arrêté ma voiture sur le bas-côté de la route alors que j'aurais pu passer devant elle en lui faisant un petit signe, avant de m'engager chez moi sans autre forme de civilité. Le fait de la voir là me disait qu'elle ne l'était pas par hasard. L'autre fois, elle était déjà passée par là avec, derrière la tête, l'idée de me tirer les vers du nez. J'avais envie de changer les rôles, tout en sachant qu'elle ne me livrerait que ce qu'elle avait décidé de me dire. Et rien d'autre.

La fille de Vals ne disait pas bonjour et ne donnait son prénom à personne. Quand elle basculait dans la grange sous la poussée virile d'un ouvrier agricole en mal de sentiments, elle ne lui demandait pas son prénom. Seul, l'homme lui importait. Elle espérait de lui une étreinte pas trop furtive et un moment agréable lui donnant l'illusion du couple amoureux. Quand il s'en allait, goguenard ou penaud, elle se consolait avec l'idée que le suivant déciderait de rester avec elle pour toujours. Elle n'en retint aucun avant de passer la quarantaine.

Je suis sorti la voiture. Elle me regardait avec un fin sourire. Je me suis avancé vers elle.

— Tu ne rentres pas chez toi ?

— Vous êtes sur mon chemin !

— Je ne t'empêche pas quand même !

— Non. Je voulais qu'on se parle.

— Tu as quelque chose à me dire ?

— Non. Vous si. Enfin, on dirait !

— Moi ?

— Oui.

Elle a hésité.

— Ben, le petit chat est mort !

J'ai rigolé.

— C'est du théâtre, ça !

— Non, il est mort, le chat. Le chat de tes voisins.

Je n'ai pas changé de ton.

— Ah, ce foutu chat de gouttière qui creuse mon potager ?

— Tu vois que tu sais de quoi je parle !

— S'il est charogne, je m'en fous.

— Parce que c'est celui de ton ennemi !

— Je n'aime pas les chats. Mes chiens non plus !

— C'est ce qu'il dit. J'étais à la boulangerie quand il en a parlé. Il a dit que tu as installé une ficelle à ficeler les rôtis dans un trou du grillage et, qu'une fois piégé le chat, tu l'as accroché à une branche d'arbre au moyen d'une pince à linge et d'un fil de fer. La pauvre bête respirait encore quand tu l'as suspendue.

— C'est ce que raconte mon cher voisin ?

— Mot pour mot !

— Quelles preuves avance-t-il pour affirmer partout que je suis l'auteur de ça ?

— Il dit que tu détestes les chats !

— Je serais le seul dans ce cas-là ?

— Dans son voisinage immédiat, oui.

Elle m'a regardé de son regard torve, aussi franc que celui d'un âne qui recule.

— C'est toi qui as fait ça ?

— Si je vous dis oui, vous allez le répéter. Si je vous dis non, vous n'allez pas me croire.

— Alors tu ne dis rien !

— Vous êtes venue par ici pour me dire tout ça ?

— J'ai pensé que c'était mieux.

Elle a fait mine de s'en aller, puis elle est revenue sur ses pas.

— On parle de toi, tu sais.

— Et qu'est-ce qu'on dit ?

— Que tu fricotes avec cette brune venue de nulle part.

— Je n'ai pas de comptes à rendre.

Elle a eu de la répartie :

— Sauf qu'une femme est tombée dans son puits et l'adjudant, sur son tournevis. La fatalité y met un coup, ces temps, tu ne trouves pas ?

— Qu'est-ce que j'y peux ?

— Faudrait pas qu'on prouve que c'est toi qui es derrière tout ça. On pourrait bien y parvenir. La mégère aux chiens, elle ne te ménageait pas. L'adjudant non plus. Tout le monde sait ça. Que des bonnes raisons de leur régler leur compte. Mais le chat, c'est trop !

— Fatalité encore !

— Ne rigole pas de tout ça. Les gendarmes viendront te chercher un jour et tu n'auras que tes yeux pour pleurer.

— C'est une mise en garde ?

Elle a levé la main pour dire, sentencieuse :

— Je te dis ce que j'entends. Ils t'ont dans le collimateur, les gendarmes. De bons voisins aussi. Genre des amis qui vous veulent du bien.

Elle a plissé ses yeux.

— Tu es un peu comme moi. Pas complètement comme tout le monde. À côté des choses et des gens. Pas avec ! C'est comme ça qu'on devient un bon coupable. J'ai bien connu ça. Et ceux qui en ont bien profité quand j'étais plus jeune ne me regardent même pas aujourd'hui. Ils ont peur que j'aille voir leur femme !

— C'est assez humain, non ?

— Peut-être, mais la douleur reste là.

Elle a appuyé son poing sur son cœur.

— L'autre, il te veut du mal. Je t'avais prévenu. C'est pire aujourd'hui. Il ne le cache pas. Et elle ne vaut pas mieux que moi. Elle passe son temps sur le dos !

— Vous êtes dure envers elle. Sa vie n'est pas rose avec ce type.

— Qu'elle parte alors !

Elle a pris un temps avant d'ajouter :

— Mais de grâce, laisse-la partir seule !

— Pourquoi je ferais ça ?

— Ouvre les yeux. À cause des représailles !

Elle a refait deux pas pour s'en aller, puis elle s'est retournée. Son visage était comme transformé. D'une voix de jeune fille, elle a susurré :

— Au fait, je savais que tu me regardais.

— Quand ça ?

— Il y a bien longtemps. Dans la grange.

J'ai dû rougir comme un petit garçon pris en faute. Elle a ajouté :

— Je vais t'avouer quelque chose. J'ai souvent attendu que tu viennes me retrouver. Tu n'es jamais venu. Dommage !

Elle est partie pour de bon cette fois, balançant joyeusement son sac à main comme une demoiselle en route pour le bal du samedi soir.

XXXI

Les représailles annoncées par la fille de Vals sont venues. Ah, si je m'attendais à ça ! Je n'avais pas imaginé que la fin de cette histoire allait être si douloureuse. J'étais dans ma bulle, enfermé dans mon rôle de croisé sentimental et subjugué par le plaisir des sens. Je ne dois pas être très différent des autres hommes. Mais là, j'y étais allé fort !

Il faut que je vous rappelle que toute cette histoire s'est déroulée dans un temps plutôt court. Même pas un mois complet en tout, depuis le jour où je l'ai vue, stoïque sous le crachin. Les choses se sont emballées comme une locomotive un peu folle. Et c'est moi qui fourrais du charbon dans le foyer !

Un des derniers matins, je suis sorti sur le pas de la porte. Il y avait une lumière jaune orange. Le soleil s'énervait derrière les nuages. Il faisait lourd déjà. L'orage ne tarderait pas.

Je suis rentré pour aller voir ma mère. Elle était recroquevillée dans son lit et elle dormait la bouche ouverte. Depuis des jours, elle n'avait plus de forces. Elle restait au lit la plupart du temps. Elle s'animait un peu lorsque l'aide-soignante lui faisait sa toilette. Elle ne se plaignait même plus quand l'autre brute la bougeait trop énergiquement. Puis, une fois habillée de propre, elle s'assoupissait très vite, épuisée par ses quelques efforts.

À midi, je ne la mettais plus au fauteuil. Elle n'arrivait plus à s'alimenter seule, mangeait peu, seulement du liquide. La dégradation de son état de santé coïncidait curieusement avec le départ d'Alice. Comme si elle avait voulu me reprocher de lui avoir changé sa vie. Je constatais son glissement vers la fin, comme l'avait annoncé le médicastre sans aucun ménagement. Quand il m'avait balancé ça à la figure, on aurait dit qu'il faisait un pronostic. Quitte à vérifier ensuite s'il avait eu raison. Je l'avais maudit dans mon for intérieur. Ma mère avait le droit à une fin digne, même si je ne lui pardonnais pas de ne pas m'avoir aimé. Quelque part, je faisais mon devoir. J'essayais de rester propre.

Nous aurions pu devenir des étrangers l'un pour l'autre. J'aurais eu moins mal. Sa froideur envers moi m'avait incité à partir, à courir le monde pour trouver une chaleur que je n'avais pas à la maison.

Je m'étais étourdi au corps des femmes pour m'endormir après l'amour, la bouche ouverte sur leur sein gauche. Amour filial contrarié.

Je ne me souvenais même pas d'une fois où elle m'aurait embrassé. J'étais le fils qu'elle n'avait pas voulu avoir.

Mais, à la fin de sa vie, si proche, je ne pouvais me résoudre à balayer toute humanité. Je lui donnais ce qu'un autre, étranger, lui aurait donné par pure charité. Pas davantage.

Je l'ai regardée dormir. À voir, cela ressemblait à un coma. Je savais que le dénouement approchait à grands pas.

Je suis sorti de la chambre, un peu hébété. Les sombres perspectives à court terme ne pouvaient pas me réjouir.

J'ai enfilé mes bottes de caoutchouc sur le seuil. C'était mon premier geste avant de faire le tour du propriétaire. J'aimais bien parcourir le domaine le matin. Je prenais la mesure du bien que mon père adoptif m'avait laissé et j'étais fier de ce qu'il avait fait pour moi. J'adorais me faufiler entre les arbres, me mouiller à la rosée des branches et fouler le sol souple de l'humus amassé. J'avais travaillé cette terre. J'avais aidé à son entretien, à sa valorisation. Elle était pleine de souvenirs de mes jeux d'enfant, de cris et de larmes. D'amour aussi. Peut-être.

J'ai commencé par le sud, ce que je ne faisais jamais. Je voulais voir si la clôture que j'avais rafistolée avait tenu sous les coups de vent de la nuit. L'orage avait tonné au loin pendant des heures, mais il ne s'était pas rapproché avant le matin. Les pluies nous avaient épargnés, mais pas les bourrasques. De quoi mettre en l'air mon bricolage de fortune.

J'avais crié haro un peu tôt. Les liens de fil de fer avaient bien solidarisé l'ensemble qui avait tenu fièrement. J'en ai été satisfait, je m'en souviens bien.

J'avais peur de devoir remplacer quelques mètres de claustra avant de céder la propriété. Je crois que j'en étais déjà parti dans ma tête. À voir l'état de ma mère, mes relations dégradées avec mon voisin et les décès dans le quartier, je n'avais qu'une seule envie : qu'on en finisse pour dégager de là au plus vite !

Je suis remonté vers la sapinière. Je me suis penché vers le ruisseau et j'ai trempé la main dans son eau. Petit, je confectionnais une roue de moulin que je plaçais au centre du courant et je la regardais tourner pendant des heures.

Après le sapin croix, je suis redescendu vers la maison. Vers le chenil.

À vingt mètres, j'ai compris. Je me suis précipité. L'épagneul breton râlait faiblement dans un coin, la langue sortie. Il avait vomi une immonde pâte verte, rougie par endroits de son sang. Il s'était vidé par tous les bouts. Contre le portillon, gisait le cadavre encore chaud du petit bâtard. Il avait voulu sortir pour se dégager de l'enfer et sauver sa vie de chien.

J'ai dû me résoudre à aider l'épagneul à s'en aller. Vous vous rendez compte de ce qu'on m'a fait faire, ce jour-là ! C'était atroce de m'obliger à ça ! Mais je l'ai fait parce que c'était un chien que j'aimais.

Je suis resté prostré sur la pierre d'angle pendant un bon quart d'heure avant de décider de les ensevelir. J'ai pris une grande bâche et je les ai placés dessus. J'ai replié le tout et j'ai fermé avec un morceau de ruban adhésif. Je suis allé chercher une pioche et une pelle. J'ai creusé un trou au pied d'un lilas. Je suis allé chercher les dépouilles et je les ai placées dans le trou. J'ai recouvert la bâche de la terre meuble. À dix centimètres du ras du sol, j'ai posé une plaque de bois puis j'ai terminé de reboucher l'excavation. Enfin, j'ai chargé la brouette de pierres que j'avais extraites chaque année du potager en préparant les semis. J'ai fait un cairn.

Les gouttes de sueur tombaient sur le tas de cailloux. Quand je me suis relevé, le pantalon plein de terre, j'ai compris que je pleurais.

XXXII

Elle s'est pointée le lendemain après le départ de l'aide-soignante. À croire qu'elle surveillait les allées et venues.

Elle a tout de suite vu ma mine défaite. J'avais passé une nuit affreuse, peuplée d'aboiements déchirants et d'images morbides. J'étais descendu au rez-de-chaussée pour boire de l'eau pétillante, croyant qu'elle allait me désaltérer. J'avais écouté ma mère ronfler d'un sommeil lourd et pas très catholique. Je m'étais assis dans la cuisine.

J'avais repensé à Alice. Je la voyais se laver les mains puis s'approcher de moi. Je me souvenais d'une fois où on avait fait ça sur cette chaise. Avec une sorte d'empressement fou nous faisant monter au septième ciel en un temps record.

Je m'étais dit que, depuis son départ, tout s'était dégradé. L'équilibre que nous avions s'était rompu, la vie, partie en miettes et l'avenir, assombri. Je ne me reprochais pas d'avoir déchiré le rideau écarlate. Je pestais contre celui qui m'empoisonnait la vie et qui avait empoisonné mes chiens. À la strychnine.

À ce moment-là, j'expliquais sa vengeance, même

si je ne l'acceptais pas. Deux chiens pour un chat, c'était cher payé.

Elle a toqué à la porte ouverte.

J'ai crié :

— Entre !

Mais je ne me suis pas levé.

Elle m'a trouvé dans la cuisine, pas lavé, le tee-shirt froissé, les pieds nus.

— Quelque chose qui ne va pas ?

— Tu as de ces mots !

— Explique-moi ce qui se passe.

— Il se passe que ton mec m'a assassiné mes chiens !

Elle s'est assise face à moi, de l'autre côté de la table. J'ai donné des détails. Avec une voix rauque.

— J'ai trouvé mes chiens empoisonnés dans le chenil. Ils ont souffert avant d'y passer. Je les ai vus, je le sais. Je les ai enterrés dans un coin tranquille.

— C'est à cause du chat.

— Il te l'a dit ?

— Il a dit partout que tu as pendu son chat à un fil de fer.

Je me suis défendu :

— Facile d'accuser sans preuves !

— La pauvre bête passait son temps dans ton jardin. Tu as pu en avoir assez…

— C'est l'argument qu'il donne ?

— Il le dit.

J'ai admis.

— C'est vrai que je n'aime pas les chats.

— Et moi ?

Je n'avais pas envie de lui répondre.

J'ai dit :

— J'en ai marre !

— Comment ça ?

— Il y a des gens qui décèdent, des bêtes qui meurent.

— C'est ça le combat !

— Je voudrais qu'il s'arrête. On pourrait partir bientôt. J'ai de l'argent pour deux.

— Il en faudrait beaucoup. Et tu penses à ta mère ?

— En la voyant ce matin, je sais qu'elle n'en a plus pour très longtemps.

— Tu partirais... avant ?

— Juste après.

— Et tu laisserais ton ennemi s'en sortir en beauté ?

— Un peu de clémence ne fait pas de mal.

— Pense à tes chiens !

— C'est vrai. Mes chiens...

J'avais tenté. Assez mollement, je dois avouer. J'étais fatigué de tout ça et la mort des chiens m'avait achevé. J'avais un goût de cendre dans la bouche et je n'aimais pas ça. Après tout, nous pouvions laisser tout en plan et disparaître discrètement. L'autre s'en sortirait. Peu importe ! Si je partais avec sa femme, je tenais ma victoire.

Elle est revenue à la charge.

— Je ne veux pas partir comme ça ! Tu étais d'accord. Il doit payer le mal qu'il m'a fait. Sinon, ce n'est pas juste. Si nous abandonnons la partie, nous lui donnons le beau rôle. Il pourra pavoiser et tout le monde se rangera de son côté.

Elle a placé l'estocade.

— Et ça voudra dire que tu as tué l'adjudant !

— Ce n'est pas moi.

— Je le sais bien ! C'est pour cette raison qu'il faut en finir avec lui pour avoir la certitude de continuer à vivre tranquilles.

Elle a avancé sa main vers la mienne et elle l'a serrée. En me regardant dans les yeux, elle a dit :

— J'ai échafaudé un plan pour l'avoir en beauté.

— Et c'est quoi ton idée ?

— Le soir, il boit trois ou quatre whiskies tout seul dans la bibliothèque. Il somnole toujours un peu avant de venir dîner. Tu passes par le garage. Tu viens derrière lui. Tu le tues.

— Comment ?

Elle a haussé les épaules.

— Je ne sais pas ! Un coup sur la tête et c'est fini. Puis on s'en va tout de suite en passant par le coin de ton grillage.

— On le laisse comme ça ?

— La police pensera à la visite d'un rôdeur. Avant qu'elle ne réfléchisse davantage, nous serons loin. Très loin.

— Ils vont se demander très vite où tu es passée.

— J'ai le droit de sortir, non ? Ils hésiteront, tu verras !

Je n'étais pas satisfait. J'ai proposé une variante qui me venait soudainement à l'esprit. Le désir de tuer mon voisin ne m'avait pas complètement abandonné.

J'ai dit :

— Ou alors tu reviens plus tard et tu le trouves mort.

Je me suis aperçu que je rentrais dans son plan.

— Et l'alibi ?

— Tu le fabriques en allant boire un verre en terrasse. Avec moi.

Elle m'a dit :

— On va nous soupçonner.

— C'est certain. Si ça chauffe, je disparais.

— Où ?

— En cavale !

— Il faut de l'argent pour ça !

Je me suis animé. Un peu bêtement, je dois dire.

— J'ai tout prévu. Tu as procuration sur mes comptes. Tu pourras les vider avant de me rejoindre. J'ai vendu la maison.

— Tu as vendu ta maison ?

— J'ai fait affaire. Au décès de ma mère, tout cela va me revenir.

— Quand ?

Je suis resté évasif.

— Bientôt. Forcément.

— La police m'empêchera de partir.

— Pas si elle me croit coupable. Ils auront leur certitude. Crois-moi ! Dans la police, c'est quelque chose qui compte. Qui aveugle aussi parfois.

— Je ferai comment ?

— La veille de partir, tu passeras le grillage et tu iras prendre dans la remise un sac de sport noir. C'est mon viatique. Avec toi, il paraîtra moins. Je t'aurai indiqué comment me rejoindre au bout de quelques jours.

— Et la cérémonie ?

— Il faudra que tu joues à la veuve éplorée ! Je ne me fais pas de souci pour ça, tu es bonne actrice !

Elle s'est levée et elle est venue se frotter à moi comme une chatte en chaleur. J'avais son ventre qui caressait mon bras. Elle me redonnait vigueur et foi dans l'avenir. Du baume au cœur. J'ai repoussé ma chaise et j'ai glissé contre son corps en me levant. On s'est serrés très fort. Nos mains se sont rejointes. Pas comme des amants.

Comme des complices.

XXXIII

Au petit jour, je suis allé jusqu'au grillage. De l'autre côté, tout semblait calme. J'imaginais mes voisins endormis, nus, repus d'une nuit d'amour. Je les voyais vautrés dans un lit défait aux draps douteux, la moquette jonchée de choses et d'autres.

Elle m'avait dit qu'il venait la prendre dans son lit, un peu au débotté quand l'envie l'envahissait. Elle m'avait dit aussi qu'elle ne détestait pas ça. Même si elle voulait s'en débarrasser, le plaisir prenait vite le dessus. Elle m'avait parlé de ses rapports un peu ambigus avec lui. Elle ne pouvait oublier certaines choses et, par-dessus tout, elle participait de son mieux pour ne pas lui mettre la puce à l'oreille. Il était de ces hommes qui ne se contentent pas de simulation.

J'avais mal de la savoir prise par un autre. Je ne voulais plus partager. Au début, mon soutien se voulait désintéressé, altruiste, charitable. Au fil de nos siestes un peu chaudes, j'avais basculé vers l'attachement. Sexuel et sentimental.

J'avais accusé le coup avec les chiens. Durement. Je ne voulais plus que mon voisin passe le grillage comme son chat de gouttière. Je voulais le faire souffrir comme il avait fait souffrir mon grand chien.

J'ai approché du mur un grand bac de verre acheté dans un vide-greniers pour un usage non défini. Je lui trouvais là une utilité essentielle. J'y ai versé de l'acide pur que j'ai allongé un peu, juste un peu, pour faire monter le niveau. Je l'ai placé au ras du mur, précisément à l'endroit où on posait les pieds si on venait de l'autre côté. Il y avait un carré d'herbe foulé par les multiples visites. Au-dessus, il y avait un poteau métallique servant de raidisseur. L'autre devait s'y tenir pour faire son petit saut. La prochaine fois, ce serait celui de l'ange avec les chevilles bouffées par le produit corrosif.

J'étais plutôt triste d'avoir provoqué tout ce cirque. Si j'avais tourné la tête en allant aux poubelles, je n'aurais pas été attiré par un regard humide et tout cela ne se serait pas mis en marche.

Ce qu'elle ne savait pas à ce moment-là, c'est que j'avais décidé de passer la main au plus vite. L'envie de le tuer m'avait quitté pendant la nuit. Notre scénario était trop bancal.

Nous allions être perçus comme des amants diaboliques. On allait être arrêtés. Tous les deux. Finie la cavale en direction des cocotiers.

J'avais trop à perdre et rien à gagner. Il me restait à la convaincre de me suivre sans commettre l'irréparable. La veille, j'avais échafaudé des plans avec elle. Surtout d'ailleurs pour l'accompagner dans son élan.

Elle devait avoir compris que je n'étais plus vraiment dans le coup. J'avais pensé ça quand je l'avais raccompagnée sur le seuil. Elle avait eu un regard que je ne lui connaissais pas.

Je suis revenu vers la maison. Il ne fallait pas rester près du mur. S'il m'avait vu, il aurait pu penser que je venais le narguer. Si je l'avais vue, elle, j'aurais eu un petit pincement en voyant le grillage nous séparer.

J'ai attendu patiemment que l'aide-soignante arrive. Elle m'a dit qu'il fallait demander au médecin de passer. Elle trouvait que ma mère faiblissait de jour en jour. Je lui ai promis de le faire.

Je l'ai regardée partir, puis je suis monté dans ma chambre.

J'ai sorti ma valise et je l'ai posée sur la table. J'ai commencé à y ranger les affaires nécessaires.

Rien de superflu. Je n'aurais probablement pas le loisir d'emporter une kyrielle de bagages. J'ai préparé mes documents et papiers divers. Quelques souvenirs aussi. J'ai placé de l'argent en grosses coupures dans un portefeuille rectangulaire. Les petites coupures, je les ai mises dans un porte-cartes plus discret.

J'avais décidé de partir bientôt. Comme avant chaque départ, je préparais toujours mes affaires à l'avance. Je ne voulais pas avoir à faire ma valise dans l'urgence. J'avais peut-être encore quelques jours devant moi. Mais pas davantage. Je le sentais confusément. Et si les choses ne se faisaient pas d'elles-mêmes…

Ensuite, je suis allé sur la tombe des chiens et j'ai pleuré comme une madeleine.

À midi, j'ai donné à manger à ma mère. Elle n'a pratiquement rien avalé. À part le yaourt aux fruits qu'elle affectionnait particulièrement. J'ai déjeuné en regardant la télévision. On y parlait d'élections et ça m'a vite gavé. Ensuite, j'ai suivi un feuilleton policier d'un œil distrait.

Je suis retourné dans la chambre de maman. J'ai relevé les coussins pour lui donner davantage de confort. Je l'ai embrassée sur le front parce que nous n'avions plus d'autre moyen de communiquer et j'ai tiré la porte derrière moi en sortant.

Ma voisine, elle m'avait dit qu'elle ne pourrait pas revenir me voir avant deux ou trois jours. J'ai passé la fin de l'après-midi à la ville. Je faisais ça de temps en temps. Là, j'avais vraiment besoin de m'aérer.

Je suis descendu à Quimper. J'ai fait la rue Kéréon. J'ai léché les vitrines, comme on dit. J'ai acheté quelques fringues et une paire de chaussures. J'ai flâné d'un côté à l'autre.

J'ai même bu un café dans une pâtisserie avec un gâteau aux fruits rouges. Un truc que je n'avais jamais fait.

Je suis allé voir mon médecin pour un renouvellement de traitement. Si je repartais à l'étranger, il me faudrait ces médicaments. Je préférais prévoir.

Depuis le départ d'Alice, une garde-malade revenait le soir et donnait à manger à ma mère. La porte était fermée à clef, mais le sésame était dans le pot de géraniums. Elle avait mon numéro de portable, mais il ne se passait jamais rien.

Ma mère ne se levait plus, s'endormait vite et ne bougeait plus jusqu'au matin.

Ils faisaient comme moi parfois. Elle me l'avait dit. L'été, ils passaient la soirée à Huelgoat. Une ville qui n'était pas assez grande pour faire la nique au hasard. Les lieux fréquentables n'étaient pas légion. J'estimais avoir mes chances.

Je suis remonté vers le Centre-Bretagne. Arrivé au bord du lac de bonne heure, j'ai déambulé un peu. Dans le fond, j'avais envie de les rencontrer, elle et lui, par hasard. Je me demandais s'ils se promenaient enlacés comme au premier jour, en regardant l'eau tranquille. Je le voyais bien lui imposer ce faux-semblant de couple parfait. J'espérais les surprendre, les gêner. Quitte à provoquer chez lui une réaction violente.

Je suis entré dans un magasin de poterie. J'ai un moment oublié ma vie et ses problèmes pour admirer les créations originales qui m'étaient proposées. J'ai aimé les motifs celtes et les teintes d'ombre et de feu. Je l'ai dit à l'artisan, mais je n'ai rien acheté malgré l'envie.

Je me savais sur le départ. Je ne devais pas m'encombrer.

J'ai dîné dans la crêperie qui était un peu plus loin sur le même trottoir. Il y avait une terrasse couverte donnant directement sur le lac avec un drapeau breton flottant au vent. J'ai siroté un verre d'apéritif comme si j'étais au bord de la mer. Il faisait un peu frais. Mais j'aimais cet air doux qui s'insinuait. Je l'aurais espéré piquant, tonique et salé pour qu'il corresponde davantage à ma nature. Sous les tropiques, il me manquait cet air tourmenté de l'Arrée ou salin des bords de mer. Je n'avais droit qu'à une brise chargée d'effluves un peu forts de la nature surchauffée.

Le soir, quand la journée interminable était finie et que le soleil s'était enfin caché, d'un coup comme c'était là-bas, on se retrouvait entre hommes. On buvait des alcools forts, si glacés qu'ils n'avaient aucun goût, mais cette sensation de froid sibérien qui nous coulait dans la gorge nous faisait un bien immense. Sur le moment. Ensuite, dans la torpeur de la nuit, nous avions le sommeil agité. Il n'y avait guère que le matin pour profiter d'une fraîcheur toute relative en serrant très fort une boyesse disponible.

C'est certain. Je vois mes souvenirs dans un prisme déformant qui gomme les horreurs pour ne garder que les bons moments. Dans ma situation, ceux-là, seuls, m'importent aujourd'hui.

Sur cette terrasse, il y avait une jolie jeune femme qui riait à gorge déployée. Elle s'accrochait à son homme du moment avec une indécence délicieuse. Elle me jetait de brefs coups d'œil pour voir si je la regardais. Elle voulait voir son bonheur, aussi intense qu'éphémère peut-être, se refléter dans mes yeux.

Oui, je la regardais. Non, elle ne m'intéressait pas. Mon inconstance m'avait assez joué de tours. Je pensais à plusieurs autres souvenirs.

Je suis rentré à la nuit tombée. Je suis passé devant chez Alice, à petite vitesse.

Rien ne m'y obligeait. J'ai vu des lumières allumées derrière des rideaux tirés. J'ai encore ralenti, mais je ne me suis pas arrêté. Inutile de donner des soupçons à son mari.

Quand je suis rentré chez moi, j'ai aperçu la veilleuse qu'on laissait allumée pour ma mère et cette lueur m'a rassuré. Comme elle la rassurait. Je suis entré dans la cuisine. J'ai déposé mes paquets sur la table, puis je me suis débarrassé de mes clefs, de mes papiers et de la menue monnaie que j'avais dans les poches. J'avais horreur de sentir tout ça contre moi.

Je suis retourné dans l'entrée et j'ai enlevé mes chaussures. J'ai pris mes chaussons du bout des pieds et, en traînant savate, je me suis dirigé vers la chambre de ma mère. J'ai poussé la porte.

Horreur. Les produits d'hygiène parsemaient le tapis. De la crème pour les mains avait coulé du pot ouvert sur la moquette. Maman était en travers du lit, en partie dénudée, les yeux exorbités, la bouche grande ouverte et bourrée d'un bâillon noir qui lui entourait aussi le cou.

Elle était morte étouffée.

Je ne me suis pas précipité. J'étais abasourdi, choqué par le spectacle. On l'avait étouffée et étranglée avec l'écharpe qu'on m'avait volée dans ma chambre.

Je me suis décidé. J'ai desserré le nœud tout en me disant que je n'aurais pas dû le faire. J'ai cru un instant que le souffle allait repartir. Ce n'était qu'une illusion.

J'ai observé les traces de chaussures imbibées d'acide sur la moquette. J'ai compris d'où venait l'attaque. Je me suis assis sur la chaise qu'utilisait Alice quand elle restait parler un peu avec maman.

Et je n'ai plus bougé.

C'est un bruit de voix qui m'a sorti de ma torpeur deux minutes plus tard. L'appel venait d'en haut, de ma chambre. Je me suis jeté dans l'escalier. J'ai gravi les marches rapidement. J'ai poussé ma porte.

C'était le talkie qui grésillait.

— Allô, Allô !

C'était sa voix, sa voix à elle.

— Dis-moi que tu es là, je t'en prie !

J'ai appuyé sur émission.

— Allô, j'écoute.

— Ouf, tu es là ! Viens vite, il va me tuer !

Ensuite, il y a eu un grésillement puis des cris. Et le silence.

Je me suis rué au rez-de-chaussée. J'ai mis des chaussures avec des bandes Velcro pour ne pas m'embarrasser de lacets à nouer. J'ai couru à l'extérieur en direction du grillage. Comme un fou.

Arrivé là-bas, j'ai été étonné de constater que le bac

d'acide avait disparu, mais je ne me suis pas arrêté à ce détail. J'ai franchi la limite de propriété et j'ai couru vers la maison.

La porte-fenêtre avait la vitre brisée. Je suis entré dans le salon éclairé comme en plein jour. Un coup de feu a éclaté. Ma rotule droite aussi.

XXXIV

La douleur étant tellement intense, je me suis laissé tomber dans le canapé.

C'est alors que je l'ai vue, elle, tenant une arme de poing tournée dans ma direction. Entre nous, il y avait mon voisin allongé sur le dos.

Il était débraillé, chemise ouverte, pleine du sang qui coulait de son cœur percé, pantalon déboutonné en haut. Il était en chaussettes. Dans le torse, on lui avait planté un couteau à long manche ciselé. Je n'ai eu aucun mal à reconnaître celui qui m'avait été dérobé. Avec la médaille et l'écharpe noire.

Pour le slip faisant partie du lot, il ne fallait pas chercher loin. Ma chère voisine le portait. D'ailleurs, elle n'avait rien d'autre sur le corps. À part l'anneau qui m'appartenait.

Je n'étais pas certain d'avoir compris. Il pouvait encore s'agir d'une méprise.

En grimaçant, je lui ai demandé :

— Pourquoi tu as tiré sur moi ?

— Pour t'empêcher de bouger jusqu'à l'arrivée de la police.

Les choses étaient plus claires.

— C'est toi qui as fait tout ça ?

Une seconde, j'ai espéré faire fausse route. Peine perdue.

Elle a haussé les épaules mais elle n'a pas lâché son arme.

— C'est moi ! Beau boulot, non ?

J'ai vu ses chevilles bouffées par l'acide.

— C'est toi qui as tué ma mère !

— C'est de ta faute aussi. L'autre jour, je t'ai senti trop hésitant. J'ai eu peur que tu partes. Sans moi. Il a fallu que je te bouscule. Tu m'as dit qu'elle n'en avait plus pour longtemps. Je l'ai délivrée.

— Et tu as tué ton compagnon ?

Elle a souri.

— Mon époux légitime. Nous étions mariés depuis longtemps. Trop longtemps d'ailleurs.

J'ai pensé à la fille de Vals. Elle avait raison.

Elle a continué :

— Comme ça, je vais hériter. Il a fait ce qu'il faut !

— Mais tu l'as tué !

— Non, mon chéri. C'est toi qui l'as poignardé.

Elle a été d'un cynisme incroyable.

— C'est bien ton couteau, non ? Tu es entré par effraction. Regarde la vitre brisée. Tu l'as vu m'ordonner de me déshabiller. En voyant ton slip noir sur moi, mon mari s'est énervé. Tu as eu peur de perdre ton joli jouet sexuel. Tu as cassé le carreau. Mon époux s'est retourné et tu lui as planté ton couteau fétiche dans le cœur.

— Et comment tu expliques que tu m'as tiré dessus ?

J'avais un mal de chien qui me remontait dans la jambe.

— Pour me délivrer de ton emprise. Par peur d'y passer aussi. Parce que tout ce que tu me faisais faire se passait sous la contrainte. Tu m'as même forcée à prendre un bain de pieds, on dira hier, pour me punir de n'être pas assez soumise. Le bac est au sous-sol. Tu es un monstre ! L'arme était dans un tiroir derrière moi. Je m'en suis saisi. Pour me protéger. Tu as avancé. J'ai tiré. Voilà. Tu comprends ?

— Et tu n'en as pas parlé à ton mari ?

— Il me frappait, Monsieur le commissaire. Je n'allais pas lui avouer que j'avais un amant !

— Tu as réponse à tout…

— Tu ne peux pas savoir le temps qu'il m'a fallu pour combiner tout ça.

— C'est parti de cette foutue journée de pluie ?

— Eh oui ! Je cherchais une marionnette, excuse-moi, à manipuler. Je savais que je ne te laissais pas indifférent. Je t'ai entendu bouger ta brouette grinçante. Je me suis dépêchée de me placer sous la pluie.

— Ton mari est venu te chercher. Il t'a frappée, je l'ai vu !

Elle a ri.

— Non, ce n'était qu'un geste de cinéma. Il suffit de jeter la tête de côté. Il n'a fait que lever la main sans mauvaise intention. Les vitesses du 4x4 sont au volant. C'est un ancien modèle. Pour la joue rougie, il m'a suffi de la frotter un peu avant d'arriver devant toi.

— Il ne te frappait pas ?

— Il n'a jamais levé la main sur moi. Figure-toi qu'il tenait à moi. Je t'ai bluffé dans le salon, un soir. Tu as cru qu'il me poursuivait. Il n'était même pas là. Il était ressorti !

J'ai grimacé de douleur, mais j'ai serré les dents. Il fallait que je sache.

— Les cicatrices, les marques sur tes cuisses ?

— Bah, des souvenirs de galère. C'est pour ça que j'ai cherché la sécurité.

J'allais de surprise en surprise.

— Et la scène du garage ?

— Facile ! Les hommes, vous êtes tous les mêmes. Vous êtes toujours prêts à faire l'amour. Peu importe avec qui et où. Je l'ai chauffé un peu et le reste a suivi. Je crois qu'il a apprécié l'originalité.

Je me suis défendu :

— Tu ne pouvais quand même pas savoir que j'allais venir !

— Je l'espérais ! Il y avait tant de compassion dans tes yeux que tu ne pouvais pas me rater. Ensuite, je t'ai laissé une clef bien en évidence au cas où tu aurais le désir de venir fouiner. Je voyais bien que tu étais du genre. Tu te cachais pour me regarder au bord de la piscine ou dans le jardin. J'ai supposé que tu allais avoir envie de t'encanailler davantage.

— Évidemment, tu as su que j'avais visité la maison.

— C'était tellement facile. J'ai fait un peu de mise en scène mais pas trop. J'ai surtout mis quelques cheveux, quelques fils, pour constater ton passage. J'ai même remarqué que tu avais touché mon petit linge. J'ai l'œil pour ça.

— Et tu as trouvé le talkie ?

— Chaque soir, j'ai inspecté la moquette en entrant dans ma chambre. Comme je la brossais depuis ta première visite, j'ai décelé la deuxième. Les traces perpendiculaires au bois de lit m'ont donné la solution. Je me suis bien gardée d'enlever l'objet.

— Et ce que j'ai entendu ?

— Mise en scène. Lui, il était sous la douche. J'ai pu mimer tout ce que j'ai voulu. Je peux te dire qu'il n'a pas apprécié le concert ! Pas du tout !

— Qu'est-ce que tu lui as dit ?

— Je l'ai laissé te maudire, c'était bien mieux pour mes affaires. Il t'a traité de fou furieux. Il a cru que tu lui voulais du mal. Il n'a pas bien compris ce qui te poussait à agir comme ça. Sauf à vouloir m'enlever à lui. Sa haine est devenue officielle et visible. Les jurés apprécieront !

— Tout ça pour dire qu'il n'est pour rien du tout dans ce qui s'est passé ?

— Exact ! J'ai tout manigancé.

— Les visites chez moi, ça n'a jamais été lui ?

— Il n'en a jamais rien su ! J'ai insisté un peu pour que tu réagisses. J'ai mis du sable dans ton chiffon à lunettes pour t'agacer. J'ai volé des objets. J'avais déjà des idées pour m'en servir. Je voulais te mettre la pression. À sa place. Tu as réagi avec ton bac de peinture. Je t'ai rendu la monnaie de ta pièce !

— Et tu as fait ce reportage photos…

— Je vous avais observé déjà tous les deux. Je vous trouvais beaux. J'ai voulu immortaliser ces moments et… m'en servir. Tu comprends, cette Alice me gênait. Je voulais que tu n'aies que moi dans ta vie. La réussite de mon plan était à ce prix.

— Ensuite, tu es passée au meurtre…

Elle a eu un geste de fatalité.

— Il le fallait bien. Je voulais t'impliquer pour te déstabiliser. Devant la vindicte populaire, tu serais plus enclin à passer à l'acte.

— Et tu as poussé ma voisine ?

— Elle est tombée dans le puits en faisant floc !

J'ai été choqué.

— Tu n'as aucune émotion en disant ça ?

— Tu l'aimais bien, toi, cette langue de vip ?

— Non, mais je ne l'ai pas tuée, moi !

— On ne te croira pas demain !

— Et l'adjudant, c'est toi aussi ?

— Oh lui, il m'énervait avec ses airs de trique ! Il a voulu me montrer ses estampes chinoises ! Il croyait pouvoir séduire à son âge ! Il a eu sa minute de félicité, la dernière ! Je lui ai enfoncé ce tournevis en le prenant gentiment par les épaules. Il est parti en beauté. Sans un bruit.

— Et tu t'es attaquée aux bêtes, chat et chiens…

— Toujours pour passer un cran au-dessus !

Là, je me suis emporté :

— Tu es folle à lier !

Elle a fanfaronné.

— Peut-être, mais tu es le seul à savoir. Personne ne te croira !

J'ai voulu me redresser un peu.

Elle m'a dissuadé.

— Polop ! Ne tente rien ! J'ai le pistolet !

Je me suis immobilisé.

— Tu as appris à tirer ?

— C'était son arme de sport, à mon mari. Je l'ai souvent accompagné au stand de tir. Il m'a montré.

J'ai regardé le sol. On allait venir à la scène finale. Ma mère en était la principale victime.

J'ai demandé :

— Et ce soir ?

Elle a soupiré.

— Il fallait bien en finir. Je pensais que tu allais flancher. Je l'ai vu dans ton regard en te quittant. Pour mon mari, ça a été facile. Je l'ai attiré vers moi et je lui ai planté le couteau dans le cœur. Il était bien affûté, je dois le reconnaître. Il s'est écroulé dans la position où tu le vois. J'ai attendu que ce soit fini. Ensuite, je suis allée chez toi. J'ai patienté le temps que la garde-malade s'en aille et j'ai agi.

Elle a repris son souffle avant de conclure :

— Désolée. Elle n'a pas souffert.

Je suis resté sans voix.

Elle a respecté mon silence un moment, puis elle a repris :

— Il faut que je termine maintenant. À cause de l'heure du crime. L'autopsie, tu comprends. J'ai changé les piles du talkie. Je l'ai mis en marche. J'ai juste eu le temps de m'en aller. J'ai entendu le bruit de ta voiture. Je suis revenue ici. Je me suis déshabillée et j'ai enfilé ton slip. J'ai préparé le pistolet. Ensuite, j'ai appelé au secours. Et tu as rappliqué comme un bon petit soldat !

— Tu ne vas pas t'en tirer comme ça !

Elle s'est emportée.

— Que tu crois ? Tout le monde te soupçonne. Les crimes de sang sont des actes d'homme. On retrouvera ton ADN sur le tournevis et sur le couteau.

— C'est des conneries !

— Tu auras tué ta mère pour en finir, avec ton propre foulard. Tu m'auras contrainte à porter ton slip noir. Par perversion. Tu m'auras offert un anneau gravé. Par passion. Tu m'auras fait déplacer tout ton argent pour préparer ta fuite. Par calcul. Tu auras fait table rase. Par inhumanité. Qu'est-ce que la justice réclamera de plus ?

J'étais anéanti. Elle a continué presque pour elle-même :

— J'en avais marre de lui, de sa fille et de son fric. Tout est à moi désormais. Même si tu me faisais bien l'amour, je n'ai jamais eu l'intention de partir avec toi. Tu as été au-delà de mes espérances. Je n'ai même pas eu à te demander de me donner accès à tes comptes en cas de problème. Tu l'as pensé naturellement. Parce que je n'étais pas mariée, croyais-tu. Je n'ai jamais voulu autre chose que tout avoir pour moi. Moi seule ! C'était mon projet, mon plan. Aujourd'hui, je gagne sur tous les tableaux !

— Tu es fière de toi !

— Pas toi ? Après tout, tu m'as bien aidée à me réaliser pleinement ! Tu devrais être satisfait du résultat !

J'ai crié :

— Fous-toi de moi !

— Je peux. J'ai toutes les cartes en main. Tu as quelque chose à ajouter ?

Non, je n'avais plus rien à dire. J'étais vaincu.

Elle a saisi son portable. En composant le numéro, elle m'a regardé en souriant. Je grimaçais de douleur et de rage. Le sang coulait sur le tapis. La douleur m'élançait, insupportable.

Elle a ensuite placé l'appareil à son oreille et elle a dit :

— Allô, la gendarmerie de Huelgoat ?

XXXV

Au procès, j'en ai pris plein la tête. Difficile de passer au travers. La garce avait bien organisé ma culpabilité.

Pour la pauvre femme noyée dans son puits, il n'y avait aucune preuve mais les forts soupçons qui pesaient sur moi l'ont emporté. Il a suffi de décrire avec un luxe de détails l'agonie de la victime se noyant inexorablement pour arracher des larmes au public.

Pour l'adjudant, sa femme et d'autres du quartier m'ont accablé. J'insultais le digne représentant de l'armée dès que j'en avais l'occasion. Je ne respectais pas ses engagements pour la France. J'avais épinglé la médaille de mon père sur sa poitrine par dérision. Et curieusement, le tournevis m'appartenait. On ne prête qu'aux riches, c'est bien connu !

Ils ont tourné autour de la préméditation, pour le meurtre de mon voisin. Ils ne l'ont pas retenue au final. Ils voyaient ça comme un crime passionnel. Ce qui pouvait me valoir quelques années en moins. Piètre consolation !

C'est pour la mort de ma mère que les choses ont été plus dures à entendre. L'avocat général m'a rabaissé plus bas que terre. Il a parlé de mise en scène macabre, de vengeance, de cupidité. Il a asséné ses phrases comme des coups de massue et je ne m'en suis pas sorti indemne.

Il y a eu aussi l'exécution du chat puis l'empoisonnement de mes chiens que j'avais pratiqués pour ne rien laisser derrière moi. La foule a eu un haut-le-cœur unanime, prestement réprimé par le président. Vous pensez ! Je ne respectais rien.

Alice m'a défendu comme elle a pu, mais elle n'était, à leurs yeux, qu'une maîtresse en trop. Son mari avait demandé le divorce et elle avait perdu la garde de ses enfants. On lui avait fait payer cher ses moments de bonheur avec moi.

La fille de Vals s'est battue pour essayer de rétablir des vérités. Elle a chargé ce couple de voisins qui n'était pas blanc bleu. On ne l'a pas écoutée. Elle n'était qu'une ancienne pauvre fille, alcoolique et libertine. La bonne société ne pouvait lui faire crédit.

Le psychiatre est venu affirmer à la barre que j'étais un pervers polymorphe extrêmement dangereux, mais totalement conscient de mes actes. Donc passible de sanction pénale.

Et le jury populaire m'a assaisonné.

Vingt ans dont dix-huit de sûreté.

Comment donc avais-je pu être abusé à ce point ? Je me suis demandé ce qui avait pu se passer dans ma tête pour me fourvoyer dans un drame pareil.

Il avait suffi de quelques gouttes de pluie sur un

visage triste pour me scotcher à un destin incroyable. Je m'étais érigé en défenseur de la pauvre femme martyrisée. Je m'étais vautré sur son corps comme un amant insatiable, croyant avoir trouvé le bonheur. J'avais abdiqué le moindre jugement. J'avais fait confiance.

Elle avait joué finement sa partition. Elle m'avait ferré sans difficulté et, avec quelques libéralités, elle m'avait réduit à un doux esclavage.

Elle en voulait aux hommes de l'avoir souillée et elle réclamait réparation. Elle voulait s'acheter la liberté avec l'argent de ses derniers amants. Elle qui avait été vassale devenait suzeraine.

Pour aller jusqu'au bout, elle était prête à tuer. Elle l'avait fait sans remords.

Je fustigeais ma bêtise, mon aveuglement, ma faiblesse. J'avais honte de moi alors qu'on me décrivait comme un monstre sanguinaire. Je me disais innocent mais, dans ma tête, je plaidais coupable.

Quatre morts, ce n'était pas rien.

La principale responsable de tout ce chaos était absente des débats. Au début de l'affaire, elle avait coopéré avec les enquêteurs pour me mettre tout sur le dos. C'était si évident qu'elle n'avait pas eu à se forcer.

Elle s'était montrée charitable en décidant de payer les frais de mon procès. Facile ! Elle m'avait totalement dépouillé. Ce n'était qu'une manœuvre pour éviter la mise sous séquestre des fonds transférés.

Puis, un jour, mon avocat m'a annoncé qu'on avait perdu sa trace, qu'elle était partie en voyage en Amérique du Sud et qu'on n'avait plus de nouvelles d'elle. La police a vérifié ses avoirs en France. Elle avait réalisé son héritage et fait tout disparaître dans le même mouvement. Avec la mondialisation, les capitaux n'ont pas de frontières…

Aucune charge n'avait pu être retenue contre elle. Elle disposait légalement des fonds qu'elle avait transférés. Il n'y a rien eu à dire. Sauf pour moi, à pleurer sur un beau magot envolé. Dans la remise, j'avais caché l'argent un peu sale de ma mère. Il avait suivi le même chemin !

À aucun moment, je n'ai eu voix au chapitre. Pour ma défense, je n'avais que ma conviction, mes certitudes, mais je n'avais rien de concret à mettre sur la table. Le plan était d'une solidité implacable et la réalisation évidente.

Bien sûr, ils m'ont entendu.

Mais ils ne m'ont pas écouté.

XXXVI

Alice vient me voir au parloir tous les jeudis. Elle est toute seule maintenant. Elle a déménagé pour pouvoir être près de la prison. Elle est toujours aide-soignante, mais elle a trouvé un poste à l'hôpital.

Elle s'active énergiquement pour retrouver la trace de celle qui nous a fait tant de mal. Elle m'a pardonné de l'avoir entraînée dans cette galère. J'aurais dû la comprendre bien avant, les choses auraient été moins difficiles.

Elle a de sérieux appuis dans les monts d'Arrée, dans le village même où tout cela s'est passé. Parmi eux, il y a l'épouse de l'adjudant Fontanes.

La veuve a admis que je ne pouvais pas être le meurtrier de son mari. Elle s'est souvenue de la dernière visite de notre voisine chez elle. Elle ne voulait pas en parler pour ne pas ternir la mémoire de son grand homme. Le temps l'a aidée sans doute.

Alice m'a affirmé qu'Arsène pourrait aussi en dire maintenant qu'il est en maison de retraite. Par parti pris, des informations ont été occultées. Elles remontent lentement à la surface. D'autres encore pourraient briser l'omertà. Ils ont compris que j'étais un des leurs.

Avec Alice, on parle souvent d'une île, de cette île de rêve dessinée au fond du bol de café qui lui était réservé chez maman. Elle se dévoilait tardivement comme une apparition. Elle est certaine que nous pourrons y aller bientôt. Et ne plus revenir jamais.

Vous, le journaliste, si vous êtes là, c'est que les choses bougent. Vous allez écrire mon histoire. Je l'espère bien. Vous n'êtes pas obligé de croire tout ce que je vous ai dit. Je ne suis pas blanc bleu dans cette affaire. J'ai mes torts. Mais j'ai des circonstances atténuantes. Et même une part d'innocence. Vous verrez par vous-même. La vérité éclatera un jour.

Une dernière chose. On vous dira que j'ai fait tout ça parce que j'étais aveugle et fou. C'est peut-être vrai.

Mais moi je dis :

— Parce que j'avais besoin d'un peu d'amour.

FIN

Keruchen, le 10 octobre 2008.

Quadri Signe - Editions Alain Bargain
125, Vieille Route de Rosporden - 29000 Quimper
E-mail : editions.alain.bargain@wanadoo.fr
Site Internet : www.editionsalainbargain.fr

ÉDITEURS DE BRETAGNE

Dépôt légal n°14 - 4e trimestre 2008
4e tirage - Dépôt légal n° 3 - 1er trimestre 2019
ISBN 978-2-35550-034-3 — ISSN 1281-7813
N° d'impression : 812325
Imprimé en France